큐
브

큐브

보리 장편소설

창비

| **일러두기** |
이 책에 나오는 지명과 상호, 기관과 단체, 상품 등은 모두 실제와 무관함을 밝힙니다.

차례

1. 당신은 채집되었습니다   7
2. 제정신이긴 한 거겠지   36
3. 젤리 곰이 말한다   53
4. 전설급 아이템   75
5. 전기밥솥과 자동 소화기   101
6. 평범한 고등학생의 애매한 슈퍼 파워   120
7. 바나나 우유 스물다섯 상자   162
8. 내가 아는 사람 중에   180
9. 문어일까, 나일까?   202
10. 잘 있어   221

지은이의 말   227

1. 당신은 채집되었습니다

 체육 시간이었다. 뙤약볕이 쏟아지고 매미 소리가 쨍쨍했다. 연우는 독감에 걸려 교실 책상에 엎어져 있었다. 기침이 나고 몸이 으슬으슬했다. 가만히 있어도 세상이 빙빙 돌았다. 뇌만 쏙 빼서 세탁기에 넣고 돌리는 것 같았다. 뇌가 USB도 아니고. 블루투스로 연결하면 되려나?
 연우는 뒤죽박죽 떠오르는 생각을 흘리며 잠들었다. 내일 해고니 생일인데, 야자 째고 해고니랑 집에 같이 갈까…….

 목덜미를 긁다 정신이 들었다. 허리가 아팠다.
 '얼마나 잔 거야?'

교실은 여전히 비어 있었다. 그렇게 오래 잔 건 아닌 모양이었다. 땀을 많이 흘려 찝찝했다. 휴지, 휴지. 책상 서랍 안쪽을 더듬거리다 속 터진 핸드크림을 잡았다. 아, 휴지, 다 썼지. 연우는 손바닥에 묻은 핸드크림을 손에 문지르며 자리에서 일어났다. 달달한 포도 향이 콧속으로 들어왔다.

'애들 오기 전에 세수라도 해야겠다.'

그런데 몸을 일으키자, 머리가 어찔했다.

연우 자리는 창가 줄 가운데였다.

"아, 진짜 멀어."

비틀거리며 앞문으로 걸어가는데 이상한 일이 벌어졌다. 교실 중간에서 더 나아갈 수가 없었다. 내디딘 발끝은 들린 채로 멈추었다. 코끝이 눌리고 이마가 부딪혔다. 발에 힘을 주자 닿아 있는 부분이 천천히 밀려났다.

"뭐야."

현기증이 났다. 이마를 댄 채로 체중을 실어 힘껏 찼다. 튕기는 느낌과 함께 저편에 있는 교탁과 칠판이 가볍게 출렁였다. 머리가 흔들리자 구역질이 났다. 속이 가라앉기를 기다렸다가 눈앞을 손끝으로 꾹 눌렀다. 힘준 부분이 서서히 들어갔다. 푸딩 같은 느낌인데 손가락이 통과하지는 않았다. 슬라임? 하리보 젤리? 유리와 젤리 사이 어딘가에 있을 것 같은 투명한 물질이었다.

"이거, 뭐야?"

선 채로 교실 안을 둘러보았다. 대신고등학교 3학년 2반, 교탁도 앞문도 뒷문도 그대로였다. 연우는 돌아서서 뒷문 쪽으로 걸어갔다. 곧 같은 일이 벌어졌다. 막혔다. 옆쪽도 마찬가지였다.

창문에서부터 가로로 책상 네 개, 세로로 책상 세 개, 모두 열두 개 책상이 놓인 공간이 연우가 움직일 수 있는 범위였다. 투명한 막 같은 게 사방을 가로막고 있었다.

귀 아래쪽에서부터 두통이 올라왔다.

"나 많이 아픈가?"

말해 놓고 보니 목덜미가 오싹했다. 독감 약을 먹고 환각 때문에 높은 데서 뛰어내린 고등학생에 대한 뉴스가 떠올랐다.

"아픈 건 싫은데."

2층이니까 죽지는 않겠지만. 두리번거리다 창문 쪽을 보는데 이상한 것이 눈에 들어왔다. 이제까지 못 본 게 어이없었다. 천장형 에어컨 아래, 연우 키보다 조금 높은 곳에 주먹만 한 빨간 공이 떠 있었다. 손을 휘젓자 빨간 공은 손을 통과시키며 그대로 있었다.

"홀로그램?"

연우는 휴대폰을 꺼내 사진을 찍었다.

"찍히네."

환각치고 아주 구체적인 환각이었다. 꿈이라기엔 너무 사실적이고. 혼자 중얼거리는데 매미 소리가 들렸다. 맴맴맴매해해해앰, 맴맴맴매해해해애앰. 그리고 홀로그램 공 한가운데에서 글자가 떠올랐다.

당신은 채집되었습니다.

연우는 헛웃음이 나왔다.
"더 자야겠다."
잠이 올까 싶었는데 책상에 엎드리자마자 정신을 놓았다. 그리고 배가 고파 깼다. 교실은 텅 비어 있었다. 연우는 여전히 혼자였다. 꾸르르르륵. 잠기운이 완전히 가시기도 전에 배에서 요란한 소리가 났다. 두세 끼 굶기라도 한 것처럼 배가 너무 고팠다.
"이상하네."
멍한 머리로 한참 생각한 뒤에야 뭐가 이상한지 알아냈다. 교실 안이 너무 환했다. 연우네 반은 오후가 되면 햇살이 거의 들어오지 않는다. 지금도 그랬다. 햇빛은 창틀에 고인 채 들어오지 못했다. 게다가 전등도 꺼져 있었다. 그런데 교실은 햇살이 쏟아지는 운동장처럼 환했다.
오싹했다.

잠들기 전 일이 떠올랐다. 투명한 막, 빨간 공, 채집되었습니다.

연우는 숨을 멈춘 채 고개를 들었다. 홀로그램 공이 그 자리에 그대로 떠 있었다. 빨간 공이 투명한 공으로 바뀌었을 뿐이다. 그때 홀로그램에 글자가 떴다.

먹이가 근처에 있습니다.

이번에는 웃지 못했다. 자리에서 일어나 삐걱삐걱 앞으로 나아갔지만 곧 멈춰 서야 했다. 앞뒤로 책상 세 개, 옆으로 네 개, 그 너머로는 갈 수 없었다.

긴장으로 입이 말랐다. 연우는 창 쪽을 보았다. 눈이 부셔서인지, 먼지 때문인지 창문 너머 운동장이 흐릿했다. 창가로 걸어갔다. 타미플루 생각이 잠시 스쳤지만 계속 걸었다. 지금 당장 확인해야 했다. 운동장에서 뛰고 있는 반 아이들을, 해고니를.

창틀을 쥐는데 손바닥이 미끄러웠다. 자꾸 땀이 배어 나왔다. 연우는 바지에 손을 닦고 창문을 힘껏 열었다.

"시발."

척추가 얼어붙는 것 같았다. 창밖에는 파란 하늘과 운동장 대신, 새카만 공간에 커다란 지구가 떠 있었다. 밖으로 손을 뻗었다. 손은 투명한 막에 막혀 더는 나아가지 못했다. 토할 것 같았다. 맴맴맴매해해해앰. 뜬금없는 매미 소리.

안정을 위해 의식을 통제합니다.

잠이 쏟아졌다.

다시 깨어났을 때는 밀려드는 허기에 다른 생각을 할 수 없었다. 연우는 주변을 뒤졌다. 먹을 거, 먹을 거. 마침내 종이 가방에 든 도시락을 찾아냈다. 뚜껑을 던지고 손으로 유부초밥을 허겁지겁 주워 먹었다. 목이 메어 가슴을 두드리다 책상 몇 개를 뒤집어엎은 뒤에야 겨우 물통을 찾았다.

배를 채우자, 난장판이 된 주변이 눈에 들어왔다. 연우는 교실 바닥에 그대로 드러누웠다. 눈가가 후끈거렸다. 이마에 올린 팔뚝도 뜨듯했다. 아직 열이 나고 있었다.

약을 꺼냈지만 바로 먹지 못했다. 약을 먹고 나면 더 심해질 수도 있었다.

"감당 못 해."

열어 놓은 창 너머 하얀 구름에 휩싸인 푸르스름한 구체의 일부가 보였다. 연우는 약봉지를 내려놓았다. 그러고는 자리에 앉았다가 도로 일어나, 의자를 창문에 집어 던졌다. 유리가 부서지고 막에 튕겨 나온 의자가 이리저리 부딪히며 요란한 소리를 냈다. 책상이 쓰러지고 잡동사니들이 사방에 흩어졌다. 나뒹구는 의자를 들고 딴 창문으로 다가갔다. 서너 번 거푸 내리치고 헐떡이는데 매미 소리가 귀를 찔렀다. 연우는 저항하지 못한 채 아무 데나 주저앉았다.

잠이 쏟아졌다.

강제로 잠들었다 깨어나기를 반복했다. 며칠이 지났는지 몇 주가 지났는지 알 수 없었다. 그사이 열은 내렸고 손톱 끝이 하얗게 자라났다.

'나 없어진 거 집에서는 알까?'

생각은 이내 흩어졌다. 모든 일이 멀게 느껴졌다. 영화를 보고 있는 것 같기도 했다. 걱정과 두려움이 놀랄 만큼 희미해졌다. 우황청심원을 한꺼번에 열 병쯤 마신 것 같았다. 아니면 뇌에 무슨 칩이라도 들어갔거나.

연우는 섬뜩한 생각을 태연하게 떠올리며 책상에 걸린 종이 가방에서 도시락을 꺼냈다. 뚜껑을 열자, 플라스틱 용기에 유부초밥이 가득 채워져 있었다. 벌써 몇 번을 먹어 치웠는지 모른다. 그러나 자고 일어나면 도시락은 감쪽같이 채워진 채 종이 가방 안에 들어 있었다.

유부초밥을 입안에 밀어 넣는데 밖에서 발소리, 웃는 소리, 욕 소리가 뒤섞여 다가왔다. 교실 문이 열리고 체육복을 입은 아이들이 들어왔다. 아이들은 문안으로 쏟아져 들어와 각자의 자리로 움직였다. 그러다 투명한 막에 닿으면, 닿은 부분부터 싹둑 잘려 나갔다.

해고니가 흘러내린 머리카락을 돌돌 말아 정수리에 묶어 올리며 연우 쪽을 돌아본다.

"우연우 어디 갔지?"

연우랑 눈이 마주치고도 연우를 찾았다. 고개를 갸웃거리자, 잔머리가 이마에 흘러내렸다. 따라오던 나루가 두리번거렸다.

"조퇴한 거 아냐?"

"말도 없이? 많이 아픈가?"

해고니가 연우 쪽으로 다가왔다. 해고니 어깨가 투명한 막에 닿자 사라지기 시작한다. 나루가 해고니를 따라온다. 나루 역시 사라진다.

연우는 해고니와 나루 책상을 보았다. 두 사람 책상은 연우가 갇힌 막 안에 있다. 그러나 해고니도 나루도 안으로 들어오지 못했다. 다른 아이들도 마찬가지였다. 저쪽에는 아이들이 들어차 있는데, 이쪽에는 연우 혼자 덩그러니 앉아 있었다.

수업 종이 울리자 국어 선생님이 들어왔다. 아이들은 반은 졸고 반은 딴짓을 했다. 수업을 듣는 애는 두세 명이었다. 수업이 끝나자, 가도 되는 애들은 갈 준비를 했다. 해고니랑 나루가 커튼 뒤에서 등장하는 배우처럼 막에서부터 솟아난다.

둘이 가방을 들고 걸어간다.

연우는 둘을 지켜보다 해고니와 눈이 마주치자 자기도 모르게 일어났다. 그러나 해고니는 아무것도 담기지 않은 눈으로 고개를 돌렸다.

"우연우, 문자 안 보네."

"자나 보나 봉가?"

나루가 까불거리며 해고니 어깨를 민다.

"가자, 가자. 버스 시간 다 됐어."

연우는 둘이 완전히 사라질 때까지 눈을 떼지 못했다.

자다 깨면 막 너머에서 항상 똑같은 일이 벌어진다. 재방송 TV 프로그램은 중간 광고라도 바뀌는데, 막 너머 장면은 완벽하게 똑같은 모습으로 재생된다.

그 모든 장면은 연우가 겪은 상황이 아니다. 그렇다고 만들어 낸 장면 같지도 않았다. 바로 지금 실제로 일어나는 일 같았다. 해고니는 완전히 해고니였고 나루도 완전히 나루였다. 애들 모습과 행동은 진짜였다. 연우는 짐작했다. 자신이 사라진 뒤부터 어느 시점까지 벌어진 일을 저장했다가 반복해서 보여 주는 게 아닐까?

빈 교실에 아이들이 들어오고 수업하고 야자 하고 아이들이 떠나고 교실은 다시 텅 빈다. 연우는 그때마다 해고니가 자신만 남겨 두고 교실 밖으로 떠나는 모습을 지켜보아야 했다.

해고니와 처음 말을 섞은 건 중학교 2학년 때 급식실에서다. 식판을 내려놓고 자리에 앉는데 맞은편에 누가 있었다. 까만 머리카락이 촘촘하게 난 정수리, 이해곤의 첫인상이었다. 이해곤은 고개를 숙인 채 휴대폰 화면을 들여다보고 있었다.

"야, 도망가."

그날 연우는 드물게도, 낯선 애한테 말을 걸었다. 그 애가 버펄로 떼 앞에서 얼쩡대고 있었기 때문이다. 그러니까 해고니의 게임 캐릭터 윌슨이.

해고니는 '굶지 마'라는 생존 게임을 하고 있었다. 그건 그 무렵 연우가 가장 열심히 하던 게임이었고 연우는 그 게임을 속속들이 알았다. 버펄로는 유용한 동물이었다. 똥은 땔감으로 쓰고 고기는 먹을 수 있다. 버펄로만 찾으면 굶어 죽지 않을 수 있다. 그러나 버펄로는 봄이 되면 발정기가 찾아와 엉덩이가 빨개지면서 위험한 몬스터로 돌변한다. 그럴 때 다가갔다가는 십중팔구 공격당해 죽는다. 문제는 죽는 게 아니었다. '굶지 마'는 세이브가 안 되는 게임이다. 죽으면 끝이다. 캐릭터가 죽으면 모든 기록이 날아가고 리셋. 처음부터 다시 해야 해서 자기도 모르게 튀어 나온 말이었다.

"버펄로 빨개졌잖아."

오, 해고니는 짧게 감탄하며 캐릭터를 움직였다. 그게 시작이었다.

해고니는 볼 때마다 '굶지 마'를 하고 있었다. 연우는 해고니가 게임하는 걸 보며 요리법이나 사냥법을 알려 주었다. 종종 시계 반대 방향으로 귀엽게 잡힌 가마를 물끄러미 보고 있기도 했다. 시간이 지날수록 목덜미와 빗장뼈가, 부드러워 보이는 팔이 눈에 들어왔다. 그때마다 손에 땀이 찼다.

연우는 한동안 자신이 큐브, 그러니까 투명한 막으로 막힌 정육면체 안에 갇혔다는 사실을 받아들이지 못했다. 채집이라니. 어쩌다 내가, 왜 하필 나를. 실험? 표본? 하나같이 끔찍한 시나리오였다.

처음에는 빨간 공에다 대고 애원했다. 살려 달라고, 놓아 달라고, 집에 보내 달라고. 상황에 딱딱 맞춰 메시지가 떠오르니까, 누가 지켜보는 게 틀림없다고 생각했기 때문이다.

소용없는 짓이란 걸 알게 된 뒤에는 커터 칼을 들고 책상 밑에 숨었다. 그러나 몇 번을 자고 깨도 아무도 나타나지 않고 아무 일도 일어나지 않았다. 잠들었을 때 무슨 일이 벌어지는지 모르지만 깨어나서 보면 옷도 그대로고 상처 같은 것도 없었다.

시도 때도 없이 숨이 가쁘고 몸이 벌벌 떨렸다. 속이 울렁거렸다. 멀쩡한 교실 천장과 벽이 금방이라도 자신을 향해 돌진할 것만 같았다. 가만히 앉아 있어도 짜부라질 것 같아 견딜 수가 없었다. 큐브에서 빠져나가려고 발버둥 쳤다. 휴대폰으로 긴급 구조 신호를 백 번 넘게 보내고, GPS도 백 번 넘게 껐다 켰다 했다. 투명한 막을 커터 칼로 가르고, 라이터 불로 지지고, 소화기를 뿌리고, 손 소독제랑 치약까지 발라 봤지만 상황은 바뀌지 않았다.

달라진 건 연우였다. 불안과 공포로 공황에 빠지는 일이 신기하게 줄어들다 마침내 아무렇지도 않게 되었다. 처음엔 인간은 적응의 동물이니까 그런가 보다 했다. 고3이 되고 교실에 갇혀 있다시피 했으니까. 갇혀 있는 거라면 이골이 날 때도 되었으니까. 그러나 그때는 끝이 있었다. 쉬는 시간 종이 있고, 종례가 있고, 방학이 있고, 수능이 있다. 그래서 버텼다. 하지만 이 '채집'은 끝이 없었다. 언제 끝날지도, 끝이 어떨지도 몰랐다. 아마 공포 영화 엔딩 같은 끝이 기다리고 있겠지. 그런데 나는 어떻게 이렇게 멀쩡할까?

연우는 결론을 내렸다. 그들이 무슨 짓을 한 거라고. 그래서 감정이 왕창 깎여 나간 거라고. 이런 생각을 하면서도 '시발, 좆 됐네.'라고 중얼거리고 마는 게 그 증거라고. 어쨌든 공황에서 벗어난 연우는 자신이 알아낸 몇 가지 사실을 정리했다.

자신은 정육면체 모양의 투명한 막 속에 갇혀 있다. 천장 쪽도 운동장 쪽도 막혀 있다. 모서리의 길이는 3미터, 15센티 자로 기어코 재어 봤다.

창문 밖으로 지구가 보인다. 진짜인지 아닌지 알 수 없지만, 보이는 대로라면, 자신을 실은 무언가는 같은 궤도로 지구를 돌고 있는 것 같다.

휴대폰 신호가 잡히지 않는다. 통화도 인터넷도 안 된다.

그리고, 빨간 공. 언제나 같은 자리, 정육면체 한가운데 떠 있다. 홀로그램 비슷한 것으로, 연우가 깨어날 때는 투명하다가 시간이 지날수록 모래시계처럼 아래에서부터 빨갛게 차오른다. 가끔 매미 소리를 낸 다음 메시지를 보여 준다. 넌 채집되었다, 근처에 먹을 게 있다, 의식을 통제할 거다, 내용은 딱 세 종류다. 공이 완전히 빨갛게 채워지면 큐브 안팎의 모든 것이 처음으로 돌아온다. 연우 자신만 빼고.

리셋. 연우는 그 현상을 그렇게 불렀다. 자신에게 벌어진 모든 일이 도무지 이해되지 않지만, 그중에서도 리셋은 어떻게 가능한지 감도 안 왔다. 영화에서 보면 입자가 흩어지면서 재조립되는 장면 같은 게 나오던데, 그런 일은 벌어지지 않았다. 그저 공이 빨갛게 되면 잠이 쏟아졌고, 깨어나 보면 모든 것이 처음으로 돌아왔다. 발로 차 넘어뜨린 책상도, 열어 둔 창문도, 깨진 유리도, 다 먹어 치운 도시락도, 휴대폰 보조 배터리 충전 상태까지도 감쪽같이.

가지런히 놓인 유부초밥 하나를 집어 들고 되뇌었다. 이건 아주 맛있는 유부초밥이야. 햄도 들어 있고 새우도 들어 있고. 고모가 만들어 주던 유부초밥보다 훨씬 맛있지. 학교 급식 따위에 비할 바가 아니야. 그러나 눈뜨면 유부초밥, 유부초밥, 유부초밥. 지겹다. 물론 이나마도 없었으면 굶어 죽었을 테지만.

"그래도 '굶지 마'보다는 나은가?"

해고니랑 연우는 고등학교 1학년 때까지 '굶지 마'를 했다. 그러고 보면 '굶지 마' 속 주인공과 연우는 지금 비슷하다면 비슷한 처지였다. 주인공은 정신을 잃은 채 낯선 세계에 홀로 떨어진다. 검은 옷을 입은 남자가 나타나 말한다. '밤이 오기 전에 먹을 걸 찾는 게 좋을 거야.' 실패하면 주인공은 굶어 죽는다. 해고니의 캐릭터 윌슨은 열 번 넘게 죽었다. 연우의 캐릭터 칠팔이도 서너 번은 죽었다. 둘 다 다쳐서 죽은 적은 없다. 윌슨과 칠팔이는 먹을 게 떨어져 죽거나, 불을 피우지 못해 죽었다. 그때마다 해고니랑 연우는 게임을 처음부터 다시 시작해야 했다. 살아남으려면 다시 먹을 걸 찾고, 집터를 정하고, 불을 피워야 했다. 할 일이 너무 많았다.

유부초밥을 입안에 밀어 넣었다. 막 너머에서 반장이 기출문제집을 꺼냈다. 연우도 미적 기출 모의고사 문제집을 펼쳤다. 풀어야 할 문제는 언제나 충분했다. 자고 나면 기껏 풀어 놓은 바닥이 새것처럼 깨끗해졌으니까. 반장 등을 보며 dx분의 d, 시그마 f(x) 같은 걸 써 내려가다 보면 진짜 야자 시간으로 돌아간 것 같았다. 창을 열면 보이는 지구만 아니라면.

저게 진짜 지구라면 해고니도 저기 어디 있겠지. 그러나 눈이 빠지게 보았지만 강원도 고성은커녕 한국도 찾지 못했다. 의외로 지구를 한 바퀴 도는 데 걸리는 시간은 짧았다. 파도가 이는 해안에서 빙하를 지나 빛나는 밤 도시를 지나 다시 똑같은 모양의 해안으로 돌아오기까지 세 시간 남짓이었다.

"부산까지 일곱 시간이었는데."

공간 감각이 뒤죽박죽되었다. 연우는 공이 완전히 빨갛게 되기 전에 맨 끝자리로 가서 참았던 볼일을 보았다. 그러고는 의자에 놓인 방석들을 모아 바닥에 깔았다. 잠시 후 매미 소리가 들렸다.

채집된 뒤 딱 한 번 꿈을 꾸었다. 악몽이었다. 짜장면을 먹으려는데 속에서 무언가 구물거린다. 돼지고기 조각인 줄 알았는데 짜장을 뒤집어쓴 하리보 젤리다. 젤리 곰들은 그릇 밖으로 좀비처럼 기어 나와 냅킨에 몸을 닦는다. 어느새 실험복까지 갖춰 입고 동그랗게 둘러앉아 무언가를 펼친다. 갑자기 배경이 파도치는 해변에서 우주로 바뀐다. 젤리들이 큐브 설계도를 놓고 회의를 한다. 먹이는요? 다 다른 걸 먹을 텐데 어떻게 하지요? 그냥 채집하자마자 냉동하는 게 좋지 않을까요? 그것보다 박제는 어떻습니까? 아니, 그래서야 생태를 알 수 없지 않습니까. 그럼 어쩌자는 거요? 나한테 좋은 생각이 있습니다. 먹이까지 같이 채집하면 어떻겠습니까. 먹이도 리셋될 테니 따로 준비할 필요도 없고. 역시, 채집청장이십니다. 다음 항목으로 넘어가지요. 알람은 결정했나요? 예, 서식지에서 얻은 소리 가운데 음량이 가장 큰 소리를 쓰기로 했습니다. 영리한 선택입니다. 서식지와 유사한 환경 설정은 필요할까요? 갑작스러운 환경 변화를 견디지 못하는 개체도 있을 텐데요. 채집 당시 환경을 재생하는 건 어떻겠습니까? 신경 안정제도 같이 처방하면 적당히 버텨 내지 않을까요? 좋습니다. 젤리 곰들이 입 모아 대답했다. 다시 장면이 바뀐다. 젤리 곰들이 머리를 맞대고 모니터 하나를 들여다보고 있다. 이번엔 저 개체를 채집할까요? 좋습니다. 건강하고 아름다운 개체로군요. 의견을 모은 젤리 곰들이 흩어지자 모니터가 드러났다. 화면에 운동장을 달리고 있는 해고니 모습이 떠오른다.

연우는 식은땀을 흘리며 잠에서 깼다.

연우와 해고니가 학교 밖에서 처음 만난 곳은 편의점이었다. 연우 아버지는 배를 탔고 해고니 어머니는 연구원이었다. 둘 다 늘 배가 고팠고, 중국집 두 곳이 거의 유일한 식당인 바닷가 민박촌에서 간단히 배를 채우기엔 편의점만 한 곳이 없었다.

해고니 앞에는 빈 컵라면 그릇이 놓여 있었다. 휴대폰 화면에 도끼도 없이 부싯돌과 잔가지를 줍는 윌슨이 보였다. 연우는 세 가지 고기 도시락을 해고니 옆에 내려놓았다.

"윌슨 또 죽었어?"

"왜 그래, 이 게임 안 해 본 사람처럼."

"난 이번에 죽으면 '굶지 마' 접는다."

"헐, 칠팔이 불쌍해. 냉정하다, 우연우."

"냉정하긴, 내가 같은 짓을 몇 번이나 다시 했는데."

해고니는 연우가 도시락을 다 먹을 때까지 마주 앉아 게임을 했다. 연우는 해고니를 바래다주고 바닷가를 걸어 집으로 돌아갔다. 그날따라 바람이 셌다. 모래가 날려 살갗이 따끔거리고 파도 소리에 귀가 얼얼했다. 그래도 빈집에 들어가는 게 내키지 않아 벤치에 앉아 '굶지 마'를 켰다. 윌슨이 사라진 빛바랜 가을 들판에 칠팔이가 혼자 서 있었다. 연우는 게임을 껐다.

'굶지 마'를 먼저 그만둔 건 해고니였다. 고등학생이 되고 얼마 지나지 않아 해고니는 게임을 접었다. 그리고 2학년 봄방학이 되자 공부마저 접었다.

"나 프로 서퍼가 될 거야."

해고니가 마을 정보 센터 앞 해수욕장 정자에서 메로나를 자유의 여신상처럼 들고 말했다.

"그래?"

할 수 있는 말이라고는 그게 다였다. 더 무슨 말을 해야 할지 알 수 없었다. 연우는 머리를 쥐어짰다. 연두색 메로나와 불그스름하게 언 해고니 손가락 사이에서 시선이 갈팡질팡했다. 그때까지 연우는 해고니도 당연히 대학에 갈 줄 알았다. 심지어 함께 대학 생활을 할 거라고 막연하게 믿고 있었다.

해고니가 메로나를 한 입 베어 물고는 연우의 눈을 들여다보았다. 속이 다 읽히는 것 같았지만 연우는 자신을 보는, 자신으로 가득 찬 그 눈동자에 홀려 눈을 피하지 못했다.

"주말엔 서프 숍에서 알바 하려고."

"고등학생도 받아 준대?"

연우는 겨우 입을 열었다.

"그때 말한 양양에 있는 서프 숍, 거기 프로 서퍼가 이모 친구라고 했잖아."

지난여름 흥분해서 이야기하던 모습이 떠올랐다.

"아줌마는, 대학 안 가도 뭐라고 안 하셔?"

"우리 엄마 공부 싫어하잖아."

해고니 엄마는 공부하지 말고 기술 배우라는 말을 입에 달고 산다고 했다.

"하긴."

"연우 넌 대학 갈 거지?"

"붙어야 가지."

"기계공학과랬지?"

"응."

해고니가 뽑기로 뽑아 준 젤리 곰 폰 고리를 몇 년째 달고 다니는 이유를, 연우는 그때까지도 몰랐다. 그냥 손톱이 도토리처럼 동글동글한 게 귀여웠다. 이마 위에 뻗친 잔머리 한 올 한 올이 눈에 들어왔다. 넌 할 수 있을 거야, 잘될 거야같이 입에 발린 소리를 하지 않는 점이 좋았다. 해고니의 좋은 점을 매번 발견하고 감탄했다. 그러나 그 감탄거리가 어디서 그렇게 끝없이 솟아나는지 알지 못했다.

그렇게 자기 마음을 자각하지 못하고 있는 동안 해고니는 연우만 남겨 두고 교실 밖으로 나갔다. 그래도 인문계라 대학 가겠다는 애들이 더 많았는데, 해고니는 하필 그 몇 안 되는 나머지가 되어 연우에게서 부지런히 멀어져 갔다. 그건 조금 억울한 일이었다. 확률적으로도, 사람이 몰리는 길로 가는 편이 함께할 가능성이 크지 않은가?

한때 누구보다도 가까이 있던 사람이 어느샌가 훌쩍 멀어진 것을 깨달았지만, 다시 데려다 놓을 방법을 알지 못했다. 둘의 관계는 물체도 아니면서 물체처럼 한번 움직이기 시작하자 멈출 줄 모르고 내달았다. 그렇게 점점 멀어졌다.

연우가 자기 마음을 깨달은 건 둘 사이에 나루가 끼어든 뒤였다.

"지겨워."

연우는 문제집을 덮고 일어났다.

"어젠 둘째 줄까지였으니까."

세 번째 줄로 가서 책상 서랍에 손을 넣었다. 잠시 망설였지만 아무렴 어떤가 싶었다. 희미해진 것은 걱정과 두려움만이 아니었다. 시간은 더디 갔고 큐브 안에서 할 수 있는 일은 별로 없었다. 한동안은 창문을 열어 놓고 지구 구경을 했다. 하지만 같은 궤도를 열서너 바퀴쯤 돌자 그것도 지루해졌다. 그래서 책상을 뒤지기 시작했다.

큐브에서 나가기 위해 교실을 뒤집어엎은 적이 있었다. 하지만 그때는 쓸 만한 걸 찾는 데 온 정신이 팔려 있었다. 쑤셔 박아 둔 시험지, 속이 터진 핸드크림, 찢어진 프린트, 문제집, 물티슈, 머리카락이 엉킨 헤어 롤, 다 녹은 초콜릿, 말라붙은 불가사리, 커피 믹스, 흘러내린 틴트, 뜯지 않은 콘돔, 자리 주인과 물건을 짝 지을 때 아주 약간 감정이 일어났다.

세 번째 줄에는 유부초밥 자리가 있었다. 지금까지 중에서 가장 기대가 되었다.

"수확이 저조하네."

왼쪽 책상은 비었고, 오른쪽 유부초밥 자리엔 앞뒤 표지가 다 떨어져 나간 수학 책 한 권이 들어 있었다. 책을 펼치자 풀이 칸이 다 빈칸이었다. 가끔 알아볼 수 없는 그림과 소금 한

큰술, 마늘, 고추 어쩌고 하는 글자가 적혀 있기도 했다. 책장을 몇 장 넘기다 덮으려는데 우스꽝스러운 그림이 눈에 들어왔다. 교과서에 나오는 그림을 남녀 캐릭터가 키스하는 모습으로 바꿔 놓은 것이었다. 파란색 어설픈 선이 지저분하게 덧그려져 있고, 여자 캐릭터에는 말풍선이 붙어 있었다.

조나륵, 최고야.

"중딩 새끼."

연우는 수학 책을 패대기쳤다. 유부초밥 자리가 나루 자리였을 줄이야.

딱 한 번 나루가 연우를 따로 불러낸 적이 있었다.

"야, 먹고 싶은 거 먹어."

편의점으로 데려가 뜬금없이 자기가 쏠 테니 뭐든 먹으라고 했다.

"왜?"

고등학교 2학년 1학기가 막 시작된 때였다. 녀석이랑 연우는 같은 반이라 말은 섞고 지내는 사이였다. 연우가 녀석에 대해 아는 거라고는 넉살 좋고 공부랑은 담쌓은 애라는 정도였고.

"뭔데, 할 말 있음 그냥 해."

연우가 가만 서 있자, 나루는 연우를 편의점 의자에 끌어 앉히고는 아이스크림, 소시지, 삼각김밥, 컵라면 따위를 쏟아 와 포장을 죄 뜯어 펼쳐 놓았다. 연우는 그때나 지금이나 돌아서면 배가 고팠고, 두 번 생각할 것 없이 따끈따끈 김이 올라오는 라면부터 입안에 밀어 넣었다. 라면을 두 젓가락쯤 먹었을 때 녀석이 말했다.

"나, 양양에서 이해곤 봤다."

녀석은 연우에게 휴대폰을 들이밀었다. 보드를 든 해고니와 방정맞은 표정으로 웃고 있는 나루가 한 화면에 서 있었다. 녀석이 들뜬 목소리로 말했다.

"이해곤 서핑하는 거 엄청, 진짜, 완전 쩔더라!"

흥분으로 초점이 나간 눈을 보고 있자니 입맛이 뚝 떨어졌다. 어쩐지 재수가 없어 뻐기는 투로 받아쳤다.

"걔 프로 서퍼가 꿈이야."

"오오!"

나루는 순수하게 감탄했다. 하지만 곧 표정이 어두워지는가 싶더니, 묻지도 않은 말을 줄줄 늘어놓았다. 자기네 집은 횟집을 하는데 자기는 그 횟집을 물려받을 거고, 그래서 대학은 관심 없는데 호텔조리학과라도 가야겠다는 생각이 든다고 했다. 연우는 그게 해고니랑 무슨 관계가 있는지, 아니면 나루가 아예 딴 이야기를 시작한 건지 감을 잡지 못했다.

"야, 우연우, 너 이해곤하고 친하지? 나 좀 도와주라."

"뭘?"

"나 이해곤한테 반했다."

녀석은 어울리지 않게 얼굴을 붉혔다.

"걔한테 존나 멋져 보이고 싶어, 남자로."

입가가 굳었다. 애써 코웃음을 쳤지만, 표정을 유지할 수가 없었다.

"너 하는 거 봐서."

연우는 겨우 한마디 뱉어 내고는 달아나듯 그 자리를 떴다.

나루는 바로 요리 학원에 등록했고 해고니를 대놓고 쫓아다니기 시작했다.

책상 서랍 안쪽을 더 뒤져 보니 유치한 낙서가 그려진 구겨진 종이 뭉치가 나왔다. 책상이 바뀐 걸까? 아니면 나루 자식 자리 따윈 안중에도 없었던 걸까. 유부초밥이 든 가방을 책상 위에 올려놓았다. 회색 바탕에 분홍 땡땡이가 찍힌 새것 같은 종이 가방이었다. 자기가 먹으려고 싸 온 것 같지는 않았다. 도시락 먹을 사람이 누구일지는 뻔했다.

연우는 도시락을 꺼내 전투적으로 먹어 치웠다. 모양까지 그럴듯해서 더 열받았다. 재수 없는 새끼. 유부초밥이 해고니 손에 들어가기 전에 채집되어 다행이라고, 심하게 맛이 간 생각도 했다. 도시락을 싹 비우고 꼴 보기 싫은 종이 가방을 구기는데, 무언가 뻣뻣한 게 느껴졌다. 가방을 헤집자 접힌 틈 속에서 하트 스티커가 붙은 손바닥만 한 봉투가 나왔다.

"헐."

스티커를 떼어 내고 봉투를 열었다. 인어가 그려진 카드가 나왔다.

이거 만들다가 엄마한테 등짝 맞았다. 아들 키워 봤자 소용없다고. 그러니까 꼭 다 먹어. 먹고 나서 고백한 거, 대답해 주라.

- 나루 -

고백이라니. 연우는 벌떡 일어나 해고니 책상으로 갔다. 나루가 보낸 다른 카드가 있지 않을까? 해고니가 쓴 답장이 있지 않을까? 책상 속에서 서핑 책이 나오자 정신이 번쩍 들었다. 다른 애 책상은 다 뒤져도 해고니 책상은 건드리지 않았다. 그 애 속은 뒤지고 싶지 않았으니까.

책을 도로 넣으려다 파도 타는 사진이 보고 싶어져 책장을 넘겼다. 몇 장을 넘기다 손이 멈추었다. 종이 밖으로 넘쳐 날 듯 출렁이는 바닷물과 빨간 보드와 그 위에 엎드려 팔을 젓는, 햇살에 찡그린 미간과 동그란 이마에 달라붙은 젖은 머리카락을 보았다. 해고니와 닮은 새카맣고 숱 많은 머리카락을.

연우는 사진에서 눈을 뗄 수가 없었다.

혼자 교실에 남아 있던 체육 시간이 아니라 해고니랑 '굶지 마'를 하던 편의점에서, 해고니가 자유의 여신상처럼 서 있던 바닷가에서 채집당했다면 어땠을까? 해고니와 같이 있던 그 순간이 되풀이된다면 무언가 달라졌을까? 아니, 그래 봤자 달라지는 건 없을 거다. 혼자 큐브 안에 갇혀 있다면 어떤 순간이 되풀이된다 해도 아무것도 할 수 없는 건 마찬가지니까.

"차라리 '굶지 마'가 낫지."

말하고 보니 정말 그런 것 같았다. 어차피 이상한 곳에 떨어질 거라면, 매번 리셋되는 거라면 '굶지 마'가 낫지 않을까? 허깨비 같은 장면을 홀로 수없이 지켜보기만 하는 것보다는 굶어 죽거나 얼어 죽더라도 무언가를 할 수 있는 편이 낫지 않을까?

아마 처음은 같을 거다. 나란히 멀어지는 나루와 해고니를 보고만 있을지도 모른다. 그러나 세 번 반복되고 네 번 반복되는 동안, 나루의 고백을 받아들일 거냐고 물을 수 있을지도 모른다. 그러다 보면 언제가 될지 몰라도 언젠가는 자기 마음을 털어놓을 수도 있지 않을까?

문득 이질적인 노란색이 눈에 들어왔다. 사진 속 배경에 자리 잡은 커다란 흰 구름 뒤로 노란 종이가 비쳤다. 손 글씨가 적힌 종이였다.

답장인가? 연우는 섣부르게 넘겨짚고선 자기가 떠올린 생각에 기운이 쭉 빠졌다. 다급하게 책장을 넘겼다. 손이 떨려 몇 번 만에 겨우 뒷장을 펼쳤다. 포스트잇 한 장이 붙어 있었다. 획이 오른쪽 아래로 처진 게 해고니 글씨였다. '이조해나곤루'라고 적힌 글자 아래 선이 쐐기 모양으로 층층이 그어져 있고, 글자마다 숫자가 적혀 있었다. 한창 유행하던 이름 점이었다.

'이조해나곤루'는 이해곤과 조나루다. 연우는 포스트잇을 구겨 버리려다 멈칫했다. 76퍼센트. 연우는 비웃었다.

"뭐냐."

76이란 숫자가 만만해 보였다. 포스트잇을 뒤집어 '이우해연곤우'라고 썼다. 그러고는 글자마다 획을 세어 일의 자리 숫자 하나만 썼다. 2, 3, 6, 6, 3. 여기서 둘씩 더한 다음 또 일의 자리 숫자만 쓴다. 5, 9, 2, 2, 9. 어쩐지 불길했다. 그만둘까? 하지만 손은 어느새 다음 줄을 쓰고 있었다. 4, 1, 4, 1. 나루보다 낮으면 어떡하지? 5, 5, 5. 연우는 마지막 줄을 계산했다. 샤프 끝이 움직였다. 0, 0.

"영?"

숫자는 연우와 해고니 사이를 이렇게 판정했다. 0퍼센트. 연우는 계산을 다시 했다. 그리고 한 번 더 하는데 갑자기 코가 따가웠다. 툭. 포스트잇이 젖고 글자가 번졌다. 나 왜 질질

짜지? 좀 실망하고 짜증 난 것뿐인데.

연우는 포스트잇을 있던 자리에 붙이고 서핑 책을 덮었다. 이상하게 피곤했다. 책을 넣고 일어나 눈에 띄는 방석 몇 개를 바닥에 던졌다. 그러고는 대충 몸을 누이는데 휴대폰이 떨렸다. 지금은 아무 쓸모 없는 알람이었다. 그냥 밀어 지우려는데 폰 고리에 걸려 손이 미끄러졌다.

해고니 생일

알람 화면이 켜지며 보드를 세워 든 해고니가 액정에 나타났다. 손가락 하트만 남기고 옆 사람이 잘려 나간 사진이었다. 하리보 젤리를 본뜬 플라스틱 곰 인형이 연우 손끝에서 달랑거렸다. 1학년 때 해고니가 장난감 뽑기로 뽑아서 직접 걸어 준 거였다.

"보고 싶다."

의식하기도 전에 소리가 나왔다.

"이해곤."

툭. 액정 위로 물방울이 떨어졌다. 해고니 얼굴이 이지러졌다. 액정을 닦아 내었지만, 물방울은 다시 떨어졌다. 갑자기 배 속이 따끔거리는가 싶더니 기절하게 아파 왔다. 선인장이 배 속에서 굴러다니는 것 같았다. 연우는 방석 위에 모로 누워 새우처럼 몸을 말았다. 뺨을 타고 내려온 물이 자꾸만 귓속으로 흘러들어 귀가 먹먹했다. 이건 생리적인 눈물일까? 슬퍼서가 아니라 아파서 나오는.

그때 익숙한 소리가 들렸다.

맴맴맴매해해해앰. 맴맴맴매해해해앰.

연우는 그 소리가 반가웠다. 채집된 뒤 가장 많이 본 메시지가 자동으로 떠올랐다. '안정을 위해 의식을 통제합니다.' 서서히 사위가 어두워졌다. 곧 잠이 쏟아지고 고통도 멀어질 것이다. 연우는 식은땀을 흘리며 여전히 매미 소리를 내고 있는 홀로그램 공을 올려다보았다. 처음 보는 메시지 같은데, 눈앞이 어룽거려 글자가 한 번에 들어오지 않았다.

    항상성 붕괴⋯⋯ 부적합⋯⋯ 조사 종료⋯⋯.

"조사? 무슨 조사?"

연우가 웅얼거렸다. 공에 뜬 글자가 바뀌었다.

    우리는⋯⋯ 생존할⋯⋯ 라이카⋯⋯ 찾습니다.

이윽고 빨갛게 빛나던 공이 흐려졌다.

조사에…… 응해 주셔서…… 고맙습니다.
서식지로 돌아갑니다.

매미 소리가 멈추었다.

2. 제정신이긴 한 거겠지

눈을 떴다. 흐릿한 시야에 뭉개진 바닥 무늬가 어른거렸다. 교실 바닥에 웅크린 상태로 리셋된 모양이었다. 한두 번도 아니고 새삼스럽지도 않았다. 연우는 감흥 없는 얼굴로 돌아눕다가, 휴대폰을 계속 움켜쥐고 있었다는 걸 깨달았다.

화면이 꺼진 전화기를 들여다보다 메시지 앱을 켰다. 해고니. 채팅 창을 찾아 글자를 써넣었다.

> 늦었지만 생일 축하해

전송 실패 메시지만 가득한 창에 또 한 줄이 늘었다. 연우는 충동적으로 한 줄 더 썼다.

> 나루랑 사귀지 마. 나 너 좋아해

한 줄이든 두 줄이든 열 줄이든 어차피 보지 못할 메시지였다. 전송 버튼을 눌렀지만 그건 버튼이 거기 있어서였다. 그런데 그때 메시지 옆에 붙은 종이비행기 표시가 사라졌다. 무슨 일이 일어난 건지 이해하기도 전에 그 자리에 숫자 1이 떠올랐고 그마저도 곧 지워졌다. 12퍼센트라고 표시된 배터리 그림 옆에 네트워크 연결 표시 막대 네 개와 LTE라는 글자가 또렷하게 떠 있었다.

설마. 기대와 두려움에 목구멍이 죄어 왔다. 숨도 쉬지 못한 채 휴대폰 화면을 보고 있는데 키득거리는 효과음과 함께 수능 영단어 알림이 떴다.

admittedly 의심할 여지 없이

큐브에 갇힌 뒤로 푸시 알림은 한 번도 뜨지 않았다. 연우는 위를 올려다보았다. 홀로그램 공이 보이지 않았다. 휴대폰 종료음이 들렸다. 알림이 쉴 새 없이 뜨더니 간당간당하던 배터리가 나간 모양이었다.

휴대폰을 놓고 자리에서 일어나 걸어갔다. 한 발 두 발 교실 안을 가로질렀다. 앞, 뒤, 옆. 가로막는 게 없었다.

창문을 열었다. 체육복을 입은 아이들이 운동장 가장자리를 달리고 있었다. 꿈일까? 연우는 교실 밖으로 나갔다.

복도를 지나 건물 밖으로 나갈 때까지, 스탠드를 내려가 다글다글 밟히는 모랫바닥을 지날 때까지 가로막는 게 아무것도 없었다. 멀리서 아이들이 트랙을 따라 달려오고 있었다. 맨 앞은 누구일까? 해고니면 가슴이 터져 버릴 거다. 얼굴이 보이기도 전인데 눈물이 비어져 나올 것 같았다.

"어?"

그런데 맨 앞에도, 그 뒤에도, 자기 반 애가 없었다. 연우는 멀어지는 아이들을 멍하니 보았다.

"뭐야, 2학년이잖아."

잠시 혼란스러웠지만 곧 납득했다. 큐브에서 보낸 날이 못해도 며칠은 될 거다. 오늘이 그날이 아니니까 운동장에서 뛰고 있는 아이들도 그 애들이 아닌 거다. 연우는 교실을 올려다 보았다. 강당에 있을까? 배드민턴이나 탁구 수업은 강당에서 하기도 했다.

그런데 그때였다. 달리던 애들이 갑자기 돌아서서 이쪽으로 달려오기 시작했다. 멀어질 때보다 훨씬 빠른 속도였다. 맨 앞에서 달려오던 애가 헐떡이며 연우 앞에 섰다.

"연우 형?"

중국집 진혁이였다. 녀석은 귀신이라도 본 낯으로 눈동자를 어수선하게 굴렸다.

"형이지? 형 맞지?"

연우는 몰려온 아이들에게 둘러싸였다.

"진짜 연우 선배라고?"

"행방불명 우연우?"

"대박!"

웅성거리는 목소리들 틈에서 한 단어가 툭 튀어 올랐다. 행방불명?

그때 아이들을 밀치고 체육 선생이 다가왔다.

"야! 우연우! 그동안 어, 어디 있었냐. 이 자식, 너 이 자식…….'

체육 선생은 말을 맺지 못하고 연우를 끌어안았다. 땀 냄새가 훅 풍겨 왔다. 체육 선생은 연우를 보건실로 데려갔다. 얼마 지나지 않아 담임이 들어왔다.

"어떻게 된 거야? 그동안 어디 있었냐?"

같은 질문이 두 번째였다. 그러나 연우는 입을 뗄 수 없었다. 투명한 막 속에 갇혀 지구 둘레를 돌고 있었어요. 그렇게 말하면 어떻게 들릴까? 담임 표정을 살피는데 선생의 눈 밑 주름에 눈물이 고여 있었다. 운동장에서 느낀 기묘한 위화감이 또다시 들었다. 애들이 한 말이 떠올랐다.

"행방불명……."

연우가 중얼거리자, 담임이 버럭 소리를 질렀다.

"그래 이 녀석아. 내 속이 얼마나 썩어 들어갔는지, 아니다. 무사하니 됐다. 잘 왔다. 잘 돌아왔어. 피곤하지? 좀 누울래?"

담임은 대중없이 말을 이어 가다 얼굴을 쓸었다.

"아버님께 연락드렸다. 경찰도 곧 온다니까 좀 쉬고 있어라."

"경찰요?"

"너 실종 신고 들어갔어, 자식아."

담임이 나가자, 보건 선생이 연우에게 약과 물을 내밀었다.

"진정제야. 먹으면 좀 편해질 거야. 불안해할 것 없어."

딱히 불안한 건 아닌데요. 연우는 속으로 말대답하다 자신이 다리를 떨고 있다는 걸 깨달았다. 오른 무릎이 쉴 새 없이 들썩였다. 순순히 약을 삼켰다.

"선생님, 오늘 며칠이에요?"

보건 선생이 탁상시계를 연우 쪽으로 돌렸다. 연우는 눈을 끔뻑였다. 시계에 이상한 숫자가 떠 있었다. 07/06. 처음에는 잘못 본 줄 알았다. 하지만 다시 봐도 마찬가지였다. 7월 6일. 언제나 리셋되는 휴대폰 때문에 잊으려야 잊을 수 없는 날짜였다. 연우가 큐브에 갇힌 바로 그날. 오늘이 그날이라고? 채집된 첫날?

연우는 혼란스러운 표정으로 시계에 뜬 숫자를 노려보다 흠칫했다. 날짜 위에 날짜보다 더 이상한 숫자가 적혀 있었다. 2025.

2025? 2025년 7월 6일?

연우는 고3이고, 2024년 수능을 칠 예정이고, 감기로 교실에 혼자 남은 날은 9월 모의고사를 두 달 앞둔 2024년 7월 6일이었다. 분명히 그랬다.

그때 누군가가 문을 날려 버릴 듯이 밀고 들어왔다. 아버지였다. 낚시 조끼를 입고 목장갑을 낀 채 시뻘겋게 달아오른 얼굴로 아버지가 허겁지겁 연우를 찾았다. 아버지 얼굴을 본 순간 다리에 힘이 풀렸다. 그제야 진짜로 돌아왔다는 생각이 들었다.

무슨 수로 그렇게 빨리 온 건지, 아버지는 학교 정문에서 고개만 내밀면 보이는 파출소에서 출발한 경찰보다 빨리 왔다. 경찰은 아버지가 연우 얼굴을 덥석 부여잡고는 쓰다듬고 또 쓰다듬다가 겨우 손을 내려놓았을 즈음에야 도착했다.

볼이 통통한 젊은 순경은 해맑은 얼굴로 연우가 1년 동안 실종 상태였다고 다시 한번 확인해 주었다.

"정말 1년이 지났어요? 진짜로요?"

연우가 같은 질문을 하고 또 하자 아버지는 젊은 순경과 함께 연우를 데리고 속초에 있는 큰 병원으로 갔다.

'전생활건망증으로 보입니다. 흔히 기억 상실증이라고들 하죠. 과도한 스트레스나 정신적 충격이 주된 원인인데, 약물이나 물리적인 요인도 배제할 수 없으니 검사 결과를 좀 봐야 할 것 같아요. 외상 후 스트레스 장애 소견도 있고……, 지내다 보면 기억이 자연스럽게 돌아오는 경우도 제법 있습니다.'

연우는 검사실 앞에 앉아 의사가 한 말을 떠올렸다. 기억 상실증이라니, 드라마도 아니고.

창밖으로 보이는 지구, 빨간 공, 매미 소리. 기억이 생생했다. 연우는 목덜미를 주물렀다. 문득 리셋 때마다 정신을 잃었다는 사실이 떠올랐다. 깨어나기까지 무슨 일이 있었는지, 시간이 얼마나 흘렀는지 연우는 전혀 몰랐다. 기억을 몽땅 잃은 건 아닐지라도 얼마간은 잃었을 수도 있겠다는 생각이 들었다. 발밑이 훅 꺼지는 것 같았다. 연우는 괜히 일어나 발을 굴렀다.

"지문이든 체액이든, 뭐든 나오면 나오는 대로 연락드리겠습니다."

검사가 이어지는 내내 곁을 지키고 있던 순경이 목례하고 돌아섰다. 손에는 연우가 입고 있던 옷가지를 쓸어 담은 검은 비닐봉지가 들려 있었다.

휴대폰은 탈의실에 감추었다. 경찰도 딱히 휴대폰을 찾지 않았다. 그동안 통신 기록이 아예 없었던 모양이다. 다행이었다. 큐브 안에서 찍은 사진들을 들키면 좋을 리 없을 것 같았다. 경찰들이 무언가 밝혀낼까 봐 두려웠다. 설마 옷에서 외계 물질 같은 게 검출되는 건 아니겠지?

연우는 손을 꾹 쥐었다 폈다. 불안했다. 지르르한 느낌이 팔다리를 타고 올라왔다. 살갗을 거듭 쓸어내리며 거푸 숨을 들이마셨다.

그때 검사실 문이 열렸다.

"우연우 씨 들어오세요."

MRI 검사실에는 얼룩 하나 없이 하얗고 매끈한 원통형 기계가 있었다. 귀마개를 꽂고 헤드셋을 끼고 기계 위에 누웠다. 여기야말로 외계인의 실험실 같다고 애써 실없는 생각을 하는데 몸이 원통 안으로 빨려 들어갔다. 피아노 소리가 흘러나왔다. 소음을 누그러뜨리려고 튼 모양이지만 소용없었다. 딱! 딱! 딱! 귀를 막았는데도 날카로운 소리가 관자놀이를 후볐다. 손등에 꽂아 둔 주삿바늘을 통해 무언가 들어오는 기분이 들었다. 차가운 느낌이 손등을 타고 올라왔다. 그 순간 손끝 발끝에서 다시 지르르한 느낌이 들었다. 팔꿈치와 무릎, 목덜미를 지나 순식간에 정수리까지. 그리마, 머리털처럼 수북하게 돋아나 물결치듯 움직이는 가느다란 다리가 떠올랐다. 갑자기 목구멍이 죄어 왔다.

과호흡으로 MRI 검사는 더 진행하지 못했다. 연우는 안정제와 링거를 맞고 퇴원했다. 달빛에 영랑호 잔물결이 반짝였다. 소나무가 듬성듬성 서 있고, 산책로로 개와 사람과 유모차와 자전거가 지나갔다.

"차 저쪽에 세워 놨다."

어둠에 반쯤 묻힌 화물용 밴은 연우가 초등학생 때부터 아버지가 몰던 차였다. 그런데 낯설었다. 연우는 안전띠를 매고 차창을 열었다. 차만 낯선 게 아니었다. 여러 번 와 본 속초인데 어색했다. 밖을 내다보다 문득 위화감이 든 이유를 깨달았다. 어둠이었다. 큐브 안은 언제나 환했다. 그래서 그런지 어둠이 내린 밤거리가 부피감을 납작하게 눌러 놓은 흑백 사진 같았다.

"뭐 먹을까?"

아버지가 불쑥 물었다.

머리보다 혀가 먼저 말을 알아들었다. 입안에서 부서지는 바삭바삭한, 짭조름하고 쫄깃한, 탱글탱글하고 고소한, 담백하고 부드러운 식감이 떠올랐다. 치킨, 불고기, 탕수육, 새우튀김, 도루묵 찌개……. 위가 죄어 왔다. 침이 고이다 못해 흘러내렸다. 입가를 훔치며 침을 삼켰다.

그때 편의점에서 라면을 먹는 사람들이 보였다. 납작하게 눌려 있던 세상이 훅 부풀더니 제 부피를 찾았다. 자동차 소리와 찝찔한 바다 냄새와 후덥지근한 공기, 컵라면을 먹는 사람들이 눈으로 코로 귀로 들어왔다. 실감했다. 큐브 안이 아니다. 진짜로 돌아왔다. 가로막는 건 없다.

"컵라면 먹을래요."

연우는 종류별로 산 컵라면 다섯 개를 하나하나 먹어 치웠다. 아버지 표정이 어두웠다. 입에 욱여넣은 라면을 서둘러 삼키며 말했다.

"저 안 굶었어요."

"음."

아버지는 탄식인지 수긍인지 모를 소리로 입을 닫았다. 기억 상실증 진단을 받았으니 연우 말을 믿지 못하는 것도 당연했다. 배가 차자 잠이 쏟아졌다. 마지막 몇 젓가락을 뜰 때는 반은 졸고 있었다. 어떻게 차에 탔는지, 언제 도착했는지도 몰랐다. 깨우는 소리에 일어나 보니 집 앞이었다. 연우는 비틀거리며 차에서 내렸다. 몸은 움직이고 있지만 머리는 가물가물했다. 고개를 휘휘 젓다 대문 앞에 선 사람과 눈이 마주쳤다.

"어? 해고니다."

연우는 자기가 뭘 하는지 몰랐다. 다리가 움직이고 팔이 움직였다. 정신을 차리고 보니 해고니를 끌어안고 있었다. 해고니는 멈칫했지만, 곧 연우 등을 천천히 쓸어내렸다.

"잘 돌아왔어, 우연우."

꿈이라면 깨지 말기를, 시간이 이 순간에서 멈추기를 빌었다. 하지만 바람은 이루어지지 않았다. 시간은 누군가의 마음 따위 아랑곳하지 않고 흐른다.

"야, 답답해."

연우가 막 마법에서 풀려난 사람처럼 정신을 차리지 못하자 해고니가 몸을 뺐다. 그러고는 주머니에서 무언가를 꺼내 내밀었다.

"자."

손에 쏙 들어오는 작은 상자였다. 연우가 얼결에 받아 들고 상자를 열려는데 해고니 손이 뚜껑을 꾹 눌렀다.

"이따 열어 봐."

연우는 애가 탔다.

"뭔데?"

"그냥 이따 봐."

해고니가 어깨를 으쓱했다.

"늦었으니까 간다. 연락해. 아저씨, 안녕히 계세요."

그러고는 연우가 무어라 대답하기도 전에 중국집 골목 안으로 사라졌다.

상자를 귀 옆에 대고 흔들자, 짤그랑짤그랑 동전 부딪히는 소리가 났다. 연우는 현관에 들어서자마자 상자를 열었다. 그 안에는 백 원짜리가 깔려 있었다. 세어 보니 열여덟 개, 애매한 수였다. 스무 개라 해도 2천 원, 의미 불명이긴 마찬가지였다.

흩어진 동전을 뒤적이는데 2007이라고 찍힌 숫자가 눈에 들어왔다. 하나가 아니다. 연우는 상자를 뒤집어 동전을 바닥에 쏟았다. 모두 뒷면이 나오게 놓고 보니 다 똑같았다. 동전 열여덟 개에 빠짐없이 2007이 찍혀 있었다.

"뭐냐, 이해곤."

2007, 남보다 한 살 먼저 학교에 들어간 연우가 태어난 해다. 2025년 7월, 연우가 맞은 적 없는 열여덟 번째 생일은 이미 지나간 뒤였다. 연우가 없는 연우 생일을 해고니 혼자 챙긴 것이다.

동전을 하나하나 다시 담는데, 아래에 깔린 파란 종이가 보였다. 명함이었다.

서프9

033-6366-0909
강원도 고성군 현내면 초도항길 9

뒷면에는 손 글씨가 있었다. 가로획이 오른쪽 아래로 처진 동글동글한 글자들.

우연우. 나 취직했다.

기다리고 있으니까 얼른 돌아와.

아, 좋다.

연우는 현관에 걸터앉아 두 손으로 얼굴을 감쌌다.

행복했다. 돌아왔다. 결국 해피엔드였다.

얼굴이 화끈화끈했다.

"어이없네. 오늘 지 생일인데 누가 누굴 챙기냐."

가만있을 수가 없었다. 휴대폰을 꺼냈다. 고맙다는 말도 하고 생일 축하도 하려고 메시지 앱을 여는데, 목록이 뜬 순간 간이 툭 떨어졌다. 연우는 머리를 마구 긁었다.

"너무하네."

해고니한테 보낸 메시지. 대화방을 열자 깔끔하게 1이 사라진 말풍선이 보였다. 말할 수 없는 부끄러움이 밀려왔다.

봤을까? 해고니 표정이 어땠지? 봤으면 티가 났을 텐데. 아니면, 그런 고백 메시지 같은 건 봐도 아무렇지 않은 걸까? 문앞에 서 있던 해고니를 떠올렸다. 머리가 많이 길었다. 귀에 피어싱도 했고 손톱은 각기 다른 색으로 칠했다. 옷차림도 대학생 같았다.

"1년이나 앞서가 버리다니."

행복은 허무하리만큼 빠르게 빛이 바랬다.

상자를 들고 거실로 들어갔다. 아버지가 상을 치우고 있었다. 오랜만에 돌아온 집에선 김치 냄새가 진동했다. 텔레비전 앞에는 먹다 남은 밥이 말라붙은 그릇과 뚜껑 열린 김치 통, 반쯤 남은 소주 병이 아무렇게나 놓인 밥상이 있었다.

연우는 자기 방으로 들어갔다. 어수선한 거실과 달리 방은 퀴퀴한 냄새가 좀 나는 것 말고는 깔끔했다. 모든 게 연우가 두고 나온 그대로였다. 휴대폰 충전기까지 그 자리에 꽂혀 있었다. 휴대폰을 충전 케이블에 꽂고 책상 쪽으로 갔다.

"어?"

연우는 눈을 끔뻑였다. 책가방이 의자 위에 놓여 있었다. 상자를 내려놓고 가방을 열었다. 책상에 넣어 둔 물건을 쓸어 담은 듯, 가방 안에는 책이며 공책, 문제집, 필통, 체육복 따위가 뒤죽박죽 섞여 있었다.

미적 기출 모의고사 문제집은 책장이 말려들어 가 구깃구깃했다. 연우는 구겨진 책장을 폈다. 자기 책 같지 않았다. 눈만 뜨면 풀던 문제집이었고, 몇 번이나 쓰고 지우던 바닥이었다. 그러나 그때는 접힌 자국 하나 없이 언제나 말끔했다.

알고 있다. 큐브 안에 있던 건 연우 책가방과 똑같이 생겼지만 진짜가 아니다. 책가방만이 아니라 큐브 안에 있던 모든 게 진짜가 아니었을 것이다. 아무리 풀어도 깨끗한 문제집이나 끊임없이 다시 생겨나는 유부초밥 같은 건 없으니까. 그러니까, 이쪽이 진짜였다.

아버지가 이부자리를 들고 들어왔다.

"연우야."

"예."

"우연우."

"예."

아버지는 연우의 눈언저리와 뺨, 턱 끝을 파헤치듯 꼼꼼히 뜯어보았다. 그렇게 보면 어디서 무얼 하다, 어떻게 지내다 왔는지 가늠할 수 있기라도 한 듯이.

기다리다 못한 연우가 이부자리를 받아 들자, 아버지가 연우를 덥석 끌어안았다. 그 상태로 잠시 어색하게 서 있더니 갑자기 겨드랑이에 두 손을 집어넣고는 간지럼을 태우기 시작했다. 이부자리가 바닥에 떨어지고 연우는 그 위를 데굴데굴 구르며 눈물을 짜낼 때까지 웃었다.

허덕대며 눈 밑을 닦는 연우에게 아버지가 상기된 얼굴로 물었다.

"먹고 싶은 거 더 없냐?"

"없어요. 배불러요."

"그래, 자라."

"예, 안녕히 주무세요."

웃는 얼굴이 어색했다. 아버지가 연우를 안은 게 오늘만 두 번이었다.

아버지는 그런 사람이 아니었다.

'애가 어쩜 그렇게 뻣뻣하다니. 자식한테 낯가림해?'

고모는 아버지가 어릴 때부터 그랬다고 했다. 몇 달 만에 집에 돌아와도 얼굴 한 번 쓱 보고는 그만인 사람. 아버지한테 안긴 게 얼마 만인지, 초등학교 2학년 체육 대회에서 이인삼각으로 달리다가 넘어졌을 때가 마지막 같았다.

"이거 현실인가."

연우는 이불 위를 굴렀다. 초등학생 때부터 쓰던 거라 누우면 피부처럼 착 감겨드는 이불이었다. 그런데 뭔가 달랐다. 코를 킁킁댔다. 냄새가 달랐다. 세제가 바뀐 건지 그동안 안 써서 그런 건지 민박집에 온 것 같은 기분이 들었다.

"진짜 돌아온 거야?"

채집당한 일도 꿈 같았지만, 집에 돌아온 것도 꿈 같았다. 더 꿈 같은 일은 그사이 1년이 지났다는 거였다.

"이게 말이 되나."

백발 노인과 바둑을 두다 돌아와 보니 몇십 년이 지났더라는 옛이야기가 떠올랐다. 옷장 문을 열었을 뿐인데 몇 년을 점프해서 과거로 가는 영화도 생각났다.

어쩌다 1년이 지난 걸까? 연우는 픽 웃었다. 애초에 이해할 수 있는 일이라곤 없었다. 채집된 이유도, 풀려난 이유도 알 수 없었다. 아니, 그 전에 자신이 겪은 일이 사실인지조차 모호했다.

연우는 휴대폰을 들고 앨범을 확인했다. 놀랍게도 이상한 사진이 없었다. 모두 그냥 교실에서 대충 찍은 사진 같았다. 허공에 뜬 홀로그램 공이 찍힌 사진조차도 어설픈 합성 사진처럼 보일 뿐이었다. 병원에서 했던 걱정이 무색했다. 다시 보니 큐브 안에서 찍은 사진들은 평범하기 짝이 없었다. 혼란스러웠다. 하지만 더 생각하고 싶지 않았다.

불을 끄고 잠자리에 들었다. 눈을 감자 졸음이 쏟아졌다. 연우는 잠꼬대처럼 웅얼거렸다.

"나, 제정신이긴 한 거겠지……?"

가물가물 멀어지는 의식 속에서 자신의 목소리가 대답했다.

"완벽하게 제정신이야."

길고 고된 하루였다. 연우는 마음의 소리를 믿고 잠들기로 했다.

3. 젤리 곰이 말한다

맴맴맴매해해해앰.

눈을 번쩍 떴다. 막 자다 깼는데 심장이 펄떡펄떡 뛰었다. 야광 별 스티커가 붙은 천장, 초등학생 때부터 쓰던 책상. 익숙한 방 안을 확인하고 머리를 북북 긁었다.

"제발 부탁인데, 그만 좀 울면 안 될까?"

"매미한테 부탁이라고 한 거?"

"맞아, 아주 정중하게 부탁한 거."

연우는 부엌으로 가 그릇에 시리얼과 우유를 부었다.

집은 비어 있었다. 연우가 행방불명된 뒤 아버지는 문어 낚싯배를 몰기 시작했다. 원양 어선을 타고 몇 달씩 바다를 떠도는 대신, 관광객을 태우고 나가 문어를 낚아 올리게 해 주고 점심때 집에 돌아왔다.

아버지는 매일 가스 불을 켜고 나간 사람처럼 허둥지둥 들어와서는 연우 얼굴을 보고 나서야 씻으러 들어갔다. 이유는 알 것 같았지만 어색했다. 아버지와 함께 있는 시간 자체가 좀 거북했다. 아버지는 몇 달에 한 번씩 집에 오는 사람이지 계속 집에 있는 사람이 아니었다.

"거진 가는 버스, 30분에 한 대 오는 거 알지?"

"지금 나갈 거야."

가방을 메고 집을 나섰다. 지난주부터 거진에 있는 도서관에 다니기 시작했다. 집에서 가장 가까운 도서관이었다. 독서실은커녕 제대로 된 학원도 없는 동네라 선택의 여지가 없었다.

편의점 앞에서 버스를 기다리고 있는데 배달 통을 들고 나오던 진혁이 아버지가 못마땅한 표정으로 혀를 찼다.

"멀쩡한 애를 왜 학교에 안 보내."

학교로 돌아가지 않기로 한 건 연우의 결정이었다. 아버지는 이렇다 저렇다 말을 얹지 않았다.

'뭐든 좋으니까, 하고 싶은 거 해라.'

그러나 담임은 달랐다. 9월 모의고사가 얼마 남지 않았다고 말하다가, 잠시 뜸을 들이고는 근처에 학원도 없는데, 하고 운을 띄웠다.

'복학해. 친구들 다 대학 갔는데. 너도 일상으로 돌아와

야지.'

작년에 다들 대학 잘 갔다고 담임은 한 번 더 미끼를 흔들고는 잘 생각해 보라고 말을 맺었다.

친구들, 대학, 일상. 담임 말대로 연우는 생각해 보았다. 해고니는 서프 숍에 취직했고 나루는 대학 다니면서 푸드 트럭을 한다고 했다. 연우도 무엇이든 되고 싶었다. 수능을 볼 생각이었다.

하지만 학교는 가고 싶지 않았다. 담임은 일상으로 돌아오라고 했지만, 교실 안에서 일상으로 돌아가기는 불가능했다. 교실을 떠올리는 것만으로도 큐브 안에 갇힌 듯 무기력해졌다.

다행히 버스는 제시간에 왔다. 버스에 타자 사람들이 힐끔거리는 게 느껴졌다.

돌아온 뒤 별별 소문이 다 돌았다. 작고 심심한 마을이었다. 장기 매매범에게 잡혀갔다가 콩팥 하나를 잃은 채로 돌아왔는데 애가 나사가 다 빠졌다더라, 신내림을 받고 무병을 앓다가 돌아왔는데 기억 상실증에 걸려 제 아버지도 못 알아본다더라, 깡패 조직에 끌려가 앵벌이 노릇을 하다가 돌아왔는데 마약 때문에 기억이 성치 않다더라…….

이유는 제각각이지만 일관되게 일말의 진실이 담겨 있었다. 뻔질나게 드나들던 젊은 순경이 입이 싼 건지, 병원에서 말이 샌 건지 알 수 없지만, 연우 귀에까지 들어온 이야기는 언제나 연우가 기억을 잃었다는 것, 그러니까 정신이 온전치 못하다는 것으로 끝났다.

연우는 구석 자리에 앉아 휴대폰을 꺼냈다. 시야가 화면으로 가득 차자 마음이 한결 편했다. 눈앞에서 움직이는 화면에 그때그때 반응하다 보면 거슬리는 것들이 뒤로 물러나고 복잡한 마음이 단순해진다. 저장해 둔 링크를 열자 뻔한 외계인 이미지와 함께 UFO 납치 경험자의 인터뷰 기사가 떴다.

17층 베란다 밖에 우주선이 떠 있었다. 우주선에서 빛이 터져 나왔고 나는 정신을 잃었다. 정신을 차리자 온통 흰색으로 둘러싸인 공간 안에서 처음 보는 생명체가 나를 지켜보고 있었다. 그들은 투명한 기구들 사이로 이리저리 움직이다가 종종 나를 빤히 보았다. 시간이 흐를수록 두려움과 걱정은 사라지고 행복감이 차올랐다. 뭔가 실험을 하는 건 분명했지만, 분위기는 더할 수 없이 다정하고 우호적이었다.

지어낸 이야기 같았다. 자신이 겪은 일도 그렇게 들릴 거다. 경찰은 결국 아무것도 찾아내지 못했다. 가져간 옷에서 지문과 머리카락이 나왔지만 다 연우 것이었다. 연우의 지난 1년은 안팎으로 오리무중이었다.

영어 지문에 '오컴의 면도날'이라는 말이 나온 적 있다. 가장 단순한 설명이 진실에 가장 가깝다는 뜻이라고 했다.

큐브 안에서 단 며칠을 보냈을 뿐인데 나와 보니 1년이 지나 버렸다. 그 까닭을 어떻게 설명해야 할까? 큐브 안의 시간이 백 배쯤 빠르게 흐르기 때문에? 아니면, 큐브 밖으로 나올 때 시간을 건너뛰었기 때문에? 둘 다 진실이 되려면 너무나 복잡한 설명이 필요하다.

그럼 이건 어떨까? 모두 우연우의 망상이라면? 훨씬 단순한 설명으로 해결된다. 게다가 이 설명에는 유력한 근거도 있다. 병원에서는 연우가 외상 후 스트레스 장애로 기억과 인지에 문제가 생겼다고 했다. 그런데 그렇다면, 지난 1년이란 시간 동안 자신은 대체 무얼 한 걸까? 기억도 흔적도 이렇게까지 감쪽같이 사라질 수 있는 걸까?

"메시지 왔다."

메시지를 보낸 건 해고니였다.

> 오늘 저녁 메뉴 문어 라면

문어? 답을 보냈지만 말풍선 옆의 1은 사라지지 않았다.

"해고니, 톡 안 보네."

"가게 열 준비하느라 바쁘겠지."

"정류장에서 만났을 때 진짜 놀랐는데."

"응."

공교롭게도 도서관에 간 첫날 버스 정류장에서 해고니랑 마주쳤다. 연우는 집에 가는 버스를 기다리는 중이었고, 해고니는 빨래방에 다녀오는 길이었다.

해고니가 몰고 온 스쿠터 뒷자리를 두드렸다.

'서프 나인까지 가는데, 탈래?'

화진포에 있는 서프 나인에서 연우 집까지는 걸어서 10분이었다. 하지만 연우는 바로 집에 가지 않았다. 일손을 돕는답시고 서프 숍 안을 어슬렁대며 퇴근 시간까지 해고니랑 같이 있었다.

다음 날도 그다음 날도. 그렇게 며칠이 지나자 해고니가 도서관으로 연우를 데리러 오고, 연우가 가게 정리를 돕거나 문제집을 풀며 해고니 퇴근 시간을 기다렸다가 집에 같이 가는 일이 약속처럼 자리 잡았다.

도서관 안쪽 자리는 사람이 적어 좋은데 빛이 깊이 들어와 눈이 부셨다. 연우는 블라인드를 내리려다 시계를 보았다. 5시 10분 전. 곧 해고니가 데리러 올 시간이었다. 풀고 있던 비문학 문제집을 덮었다. 도서관을 나오는데 뒤꼍에서 윤찬이가 뛰어나와 어깨에 매달렸다.

"우연우, 여친 기다리냐?"

"여친 아닌데."

"그럼 썸?"

담배 냄새가 희미하게 풍겨 왔다. 연우가 박윤찬을 밀어 냈다.

"걍 꺼져."

"껌 주면 꺼질게."

"웬 껌?"

"껌 씹은 거 아냐?"

"아니거든."

"아님 말고."

박윤찬은 코를 킁킁대며 도서관으로 들어갔다. 박윤찬은 거진정보고 출신으로 붙임성이 찰떡같은 녀석이었다. 우연히 옆에 앉았는데 펼쳐 놓은 문제집을 보고는 말을 붙여 왔다.

'재수? 나돈데, 같이 밥이나 먹죠.'

그때부터 윤찬이랑은 밥 친구가 되었다. 하고 다니는 걸 보면 노는 녀석 같은데 공부에 진심인지 하루도 빠지지 않고 도서관에 나왔다.

연우는 담임의 걱정과 달리 빠르게 일상으로 돌아갔다. 도서관에서 공부하고 윤찬이랑 점심 먹고 해고니랑 집에 갔다.

"이 정도면 썸일까?"

"학교 다닐 때도 매일 집에 같이 갔는데?"

"그렇지?"

"그렇지."

"근데, 학교도 안 다니는데 집에 같이 가는 거잖아."

"그렇지?"

"그렇지."

기다린 지 몇 분 되지 않아 해고니가 노란 스쿠터를 몰고 나타났다. 연우는 스쿠터 뒷좌석에 올라탔다. 해고니 허리 쪽을 잠깐 보다 좌석 아래를 잡았다.

"윤찬이가 뜬금없이 껌 달라고 조르더라. 개웃겨."

"껌? 아아, 알겠다. 너 포도 냄새 나. 포도 껌 냄새."

그러고 보니 어디선가 포도 냄새가 나는 것도 같았다. 연우는 포도를 좋아했다.

"포도 맛은 다 우연우 줬는데. 너무 달달구리해, 냄새가."

키득키득 해고니 등이 가볍게 들썩였다. 지평선 가득 펼쳐진 하늘과 그림처럼 떠 있는 구름이 머리 위로 흘러갔다. 창밖으로 본 지구가 떠올랐다. 지구를 휘감은 구름과 머나먼 곳에서 바라본 파도.

기억 속 장면들은 눈으로 직접 본 것이 아니라 화면으로 본 영상처럼 멀었다. 그에 비해 지금은 눈앞이 선명하게 빛났다. 큐브 안에서는 아무리 찾으려 해도 찾을 수 없었던 강원도 고성군 현내면 초도리에서 연우는 해고니랑 스쿠터를 타고 달리고 있었다.

좋아하는 사람과 함께하는, 더 바랄 것 없는 일상이었다. 그러니 그걸로 된 거 아닐까? 연우의 삶은 그 기이한 사건에서 멀어졌다. 「신비한 TV 서프라이즈」가 1,000회 넘게 방영된 걸 보면 기이한 일이란 생각보다 흔한지도 몰랐다. 사소한 문제는 남아 있었지만, 연우는 자신이 겪은 일을 그런 흔한 일이라고 넘겨 버리기로 했다. 게시판에 올리면 조회 수는 나올까? 세상에는 이상하고 자극적인 일이 넘쳐났다.

서프 나인은 화진포 해수욕장 끄트머리에 콕 박혀 있었다. 뒤로는 소나무 숲이, 앞으로는 좁은 길 하나를 사이에 두고 해변이 있었다. 연우는 스쿠터에서 내리자마자 수건 바구니를 잡았다.

"야, 너 가방도 무겁잖아."

해고니가 바구니를 당겼다.

"바로 코앞이거든."

매번 하는 실랑이였다.

"바로 코앞이니까 내가 들고 간다고."

연우는 수건 바구니를 뺏어 들고 서프 나인으로 뛰어갔다. 해고니가 연우를 쫓아왔다.

가게가 비어 있어 해변을 돌아보니 서핑 슈트를 입은 사람들이 보드에 엎드린 채 팔을 휘젓고 있었다.

"강습을 이 시간까지 해?"

"가끔은."

해고니가 벤치에 앉아 수건을 개기 시작했다. 연우도 의자를 끌어와 해고니를 마주 보고 앉았다. 수건을 집어 들자 해고니가 구시렁거렸다.

"내 직장이지 니 직장이야? 연우 넌 놀아."

"뭐 하고 놀아? 같이 놀 사람이 바쁜데."

"그럼 공부라도 하든가."

"우리 아빠세요? 웬 잔소리?"

"선장님이 잘도 그러시겠다."

해고니가 웃었다. 연우도 덩달아 웃었다. 햇빛이 창으로 가득 들어왔다. 햇빛을 받은 해고니 머리카락이 한 올 한 올 하얗게 빛났다. 연우 손이 저도 모르게 들렸다. 머리카락이 흔들릴 때마다 손끝이 움찔거렸다. 손끝에서 수건에 밴 섬유 유연제 냄새가 났다. 해고니가 불쑥 물었다.

"폰 고리 아직 갖고 있네?"

그러고는 손끝으로 연우 휴대폰에 달린 젤리 곰을 툭 쳤다.

"뭐, 왜."

폰 고리를 바꿔 달 생각은 한 번도 안 했다.

수건을 다 개고 나자 진호 형이 들어왔다. 서핑이 인기라지만 거의 최북단에 있는 화진포 해수욕장을 찾는 사람은 많지 않았다. 서프 나인에서 일하는 사람은 사장인 진호 형과 알바인 해고니 둘뿐이었다.

진호 형은 슈트를 허리까지 벗어 내리고는 저녁 준비를 시작했다. 그동안 연우랑 해고니는 가게를 마감했다. 슈트를 빨아 널고 커피 가루를 버리고 거울을 닦았다.

"다 됐다!"

진호 형이 탁자 위로 냄비를 들고 왔다.

라면 위에 작은 문어 한 마리가 통째로 올라가 있었다.

"웬 문어예요?"

연우가 물었다. 라면을 한 젓가락 가득 뜨던 진호 형이 한쪽 눈썹을 위로 올렸다.

"해고니가 말 안 하디? 우 선장님이 갖다주셨어."

해고니가 어깨를 으쓱했다.

"당연히 아는 줄 알았죠. 아빠가 문어 배 선장인데. 어? 문어 알이다."

진호 형이 문어를 뒤집어 놓고 다리부터 하나씩 먹기 좋게 잘랐다.

"근데 그거 아냐? 문어는 알 낳고 나면 죽는다? 새끼들이 부화하면 스스로 죽어 간다고 하더라고. 아무것도 안 먹고 자기 다리도 막 잘라 내고."

연우는 알 한 귀퉁이를 떼어 입안에 넣었다.

"새끼는 그럼 누가 키워요?"

"알아서 크는 거지."

해고니가 휴대폰 화면을 넘겼다.

"그래서 문어 머리가 좋은 거래. 혼자 커야 돼서. 집에서 키우면 개나 고양이처럼 사람도 알아본다더라."

"지금 머리 나쁘면 어른도 못 된다는 거?"

"자연의 세계는 냉혹하단다, 어린 놈들아. 으어, 쫄깃쫄깃. 끝내준다."

냄비 가득 끓인 라면을 게 눈 감추듯 먹어 치우자 진호 형은 끌어 내린 슈트를 다시 입었다.

"또 들어가시게요?"

연우의 물음에 진호 형이 눈꼬리를 휘며 웃었다. 까맣게 그은 얼굴에 하얀 이가 드러났다.

"아님 내가 왜 회사 관두고 돈도 안 되는 가게를 차렸겠냐."

진호 형은 숏 보드를 옆구리에 끼고 과자 사러 가는 아이처럼 모래밭을 가로질렀다.

해고니가 그 모습을 넋을 잃고 보고 있었다. 진호 형을 보는 걸까? 순간 속이 끓어올랐다. 그러나 곧 해고니가 그 너머를, 파도가 부서지는 새파란 바다를 보고 있다는 걸 알았다.

"보드 타러 가세요, 아빠. 연우는 공부하면서 얌전히 기다릴게요."

바다에서 눈을 떼지 않은 채, 해고니가 말을 받았다.

"보드 안 타. 아빠는 연우랑 있는 게 더 좋아."

연우 심장이 빠르게 뛰었다. 그냥 농담인 거겠지? 농담일 거야. 연우는 해고니 눈치를 살피다 멈칫했다. 얼굴에 웃음기라고는 없었다. 찧고 까부는 분위기가 아니었다. 핑크빛 무드는 더더군다나 아니었다. 해고니는 우울해 보였다. 왜 그런지 묻고 싶었지만 물어도 되는지 알 수 없었다. 그때 해고니가 말을 꺼냈다.

"나도 수능 볼까?"

해고니 눈길은 여전히 바다를 향해 있었다.

"연우 너 공부 잘하니까, 가르쳐 줄 거지?"

해고니 입에서 그런 말이 나올 줄은 몰랐다. 해고니는 파도라면 죽고 못 살았다.

'어제도 파도한테 얻어터졌어.'

활짝 웃으며 그렇게 말하는 애였다. 파도는 부서질 때 힘이 젤 세거든. 그 전에 넘어야 해. 못 넘으면? 파도가 날 패대기치지. 물속에 휘감겨 통돌이 세탁기에 들어간 것처럼 바닷속에서 빙글빙글 돌거나, 아니면 후려치는 대로 쓰러져 해안까지 떠내려가거나. 그런 이야기를 할 때조차도 온몸으로 '좋아요! 좋아요!' 소리치는 것 같았다.

"왜, 가르쳐 주기 싫어?"

"아니, 그게 아니라…….”

해고니가 돌연 연우 쪽을 보았다.

"너 나 좋아하잖아.”

역광 탓에 해고니 표정이 보이지 않았다. 그렇지만 알 수 있었다. 그냥 한 말이 아니다. 해고니는, 연우가 보낸 고백 문자를 보고도 모른 체했던 거다. 연우는 온 힘을 다해 태연한 표정을 지었다.

좋아해서 좋아한다는 문자를 보냈다. 여전히 좋아한다. 해고니가 그 마음을 받아 주길 바랐다. 큐브 안에서 연우가 그토록 바라던 그때가, 바로 지금이었다. 연우는 침을 꿀꺽 삼켰다.

"응, 좋아해. 나랑 사귀자.”

겨우 더듬지 않고 말을 맺었다. 해고니가 시선을 내리깔았다. 이마에서 흘러내린 머리카락이 뺨 위에서 살랑살랑 흔들렸다. 연우는 멍하니 그 움직임을 눈으로 좇다 해고니가 고개를 가로젓고 있다는 걸 알았다.

"왜?”

목소리가 갈라져 나왔다.

"나루 때문에?”

해고니가 시계를 보고 일어났다.

"퇴근 시간이다. 가자.”

해고니는 무슨 일이 있었냐는 듯 태연한 표정으로 가게를 나와 스쿠터에 시동을 걸었다. 어색한 낯으로 스쿠터 옆에서 서성이는 연우에게 해고니가 턱짓했다.

"뭐 해? 타."

스쿠터가 초도항을 지나 언덕을 올라갔다. 파란 바다와 거북 모양 작은 섬, 빨간 우현 표지와 방파제가 오늘따라 눈부시게 아름다웠다. 미지근한 바람이 뺨을 감쌌다. 해고니가 이마를 훔쳤다.

"올해 진짜 덥다. 해가 지고 있는데도 더위가 안 꺾이네."

"그래?"

대답은 건성이었다. 연우 머릿속에는 한 가지 생각만 뱅뱅 돌았다. 해고니는 나루랑 사귀는 걸까? 그래서 거절한 걸까?

"나루 때문이야?"

집요하다고 해도 할 수 없었다. 연우가 참지 못하고 묻자 해고니가 대답했다.

"걔 캠퍼스 커플이야. 작년 여름부터 사귀었다던데?"

놀랐다. 나루가 해고니를 포기하다니.

"그럼 왜?"

해고니는 언덕을 내려갈 때까지 말이 없었다. 그러다 정자 앞을 지날 때가 되어서야 혼잣말처럼 중얼거렸다.

"연우 넌 여기 떠날 거잖아."

연우는 대꾸할 말을 찾지 못했다. 헤어질 때까지 주고받은 말이라고는 어색한 인사뿐이었다. 납득할 수밖에 없는 이유였다. 파도를 그렇게 보고 있는 애가, 바다 없는 곳에서 살 수 있을 리 없었다. 현관문을 열자 기다렸다는 듯 아버지가 안방에서 나왔다.

"냉장고에 포도 있다."

연우는 꾸벅 인사만 하고는 바로 방으로 들어가 메시지 앱을 열었다.

> 조나루. 너 캠퍼스 커플이라며

글자 옆의 1이 바로 사라지더니 메시지가 다다다 올라왔다.

> 그래서 뭐

> 문자는 다 쳐드시고

> 기다려 조만간 잡으러 간다

나루의 대답에 신기하게 기분이 나아졌다.

"진짜 캠퍼스 커플인가?"

"무슨 상관? 나루 때문에 거절당한 것도 아닌데."

"누가 뭐래?"

씻고 저녁을 먹었다. 밥 한 그릇을 다 비웠다. 입안에 포도를 밀어 넣으며 강아지 영상을 보고 피식거리다, 가벼운 충격에 빠졌다.

"방금 나 웃었어?"

"그래. 차이고도 웃음이 나오냐?"

세상이 무너졌는데 왜 멀쩡하지? 아주 웃겨서 웃은 건 아니었다. 웃을 기분도 아니었다. 그런데 그렇다고 실연의 아픔으로 허우적대는 것도 아니었다. 불현듯 기이한 기분에 사로잡혔다. 자기도 모르게 천장 아래를 눈으로 더듬었다. 당연히 빨간 공 같은 건 없었다. 미지근한 감각. 순간이지만 마치 큐브 안에 있는 것 같은 기분이었다.

"여기 내 방 맞지?"

"응, 내 방 맞아."

휴대폰을 켜 빵빵하게 들어찬 와이파이 신호를 확인했다. 그래, 큐브 안이 아니다. 다 지난 일이고, 살짝 맛이 가긴 했지만 분명히 빠져나왔다. 시간이 좀 지나긴 했어도 제자리로 돌아왔다.

전화기를 내려놓자 폰 고리가 바닥에 부딪혔다. 젤리 곰 장식을 손가락으로 지그시 눌렀다. 손끝에 닿은 곳부터 투명한 몸체가 짜부라졌다.

젤리 곰이 말했다.

"하지 마, 망가져."

"망가지면 어떻게 되는데?"

"몰라. 멀쩡하지는 않겠지."

폰 고리로 달린 젤리 곰과 대화하다니. 지금도 멀쩡하다고는 할 수 없었다.

연우는 손가락에 힘을 주었다.

"아, 하지 말라고 했잖아!"

채집에서 풀려난 뒤 줄곧 젤리 곰이 말을 걸어왔다.

연우의 첫 반응은 휴대폰을 내던지는 거였다. 목소리가 젤리 곰에게서 나온다는 사실을 알게 된 다음에는 젤리 곰을 구석구석 뜯어보았다. 실제로 뜯어보려고도 했지만, 젤리 곰이 울고불고 난리 치는 바람에 디지털 현미경을 사서 확대해 보았다.

그러나 몇 번을 봐도 젤리 곰은 그냥 젤리 곰이었다. 빨갛고 투명한 플라스틱 그 이상도 이하도 아니었다. 그런데 딱 한 번, 현미경에 기이한 화면이 뜬 적이 있었다. 정교하게 조립된 작고 동글동글한 조각들. 조각마다 모양과 색이 달랐고, 얽혀 있는 모양은 언뜻 보면 파도에 떠내려온 모자반 같았다.

젤리 곰이 말할 때마다 조각 안에서 불빛이 반짝였다. 반딧 불이처럼 희미하고 리드미컬하게 깜빡, 까암빡. 그때마다 빛은 조각을 타고 흘러, 알 수 없는 기호 같은 무늬를 만들어 냈다. 한 번도 본 적 없는 신비한 생명체를 보고 있는 것 같았다. 그러나 배율을 높인 순간 화면은 신기루처럼 사라졌다.

모르겠다. 환청? 환상? 망상? 아니면 다중 인격이라도 된 걸까?

"자기 자신을 망가뜨릴 거야?"

젤리 곰은 자기가 우연우라고 주장했다. 연우랑 똑같은 목소리로.

"나는 우연우, 너야."

연우는 젤리 곰에게서 손가락을 뗐다.

"역시 정상은 아니야."

젤리 곰이 주장했다.

"난 대단히 정상이야. 그저 의식이 젤리 곰 속에 담긴 것뿐이라고."

젤리 곰은 자신이 연우의 복제된 자아라고, 설명하기에 간단하지 않고 믿기에는 더더욱 간단하지 않은 소리를 했다.

'나는 너야. 정확히 말하면 큐브 안에 갇혔을 때 백업된 우연우지.'

'누가 왜, 그런 일을 한 건데?'

왜 하필 자신을 납치해서 그런 짓을 하고는 엉뚱하게도 1년

뒤로 돌려보낸 건지 알고 싶었다. 그러나 젤리 곰은 아는 게 없었다.

'메시지 앱으로 사진 받아 봤지? 원본이 너, 사진이 나야. 사진이 뭘 알겠어? 왜 찍었는지, 왜 보냈는지, 압축은 했는지 안 했는지, 아무것도 몰라. 나도 그래.'

그 말을 믿고 싶었다. 망상이든, 다중 인격이든, 백업된 자신이든, 다 마음에 들지 않았지만 반드시 하나를 골라야 한다면 그래도 제정신인 쪽이 나았다.

'일종의 사은품 같은 걸지도 몰라.'

젤리 곰이 말했다.

'웬 사은품?'

'설문 조사 같은 거 하면 수고했다고 로고 찍힌 물티슈나 볼펜 같은 거 주잖아. 홀로그램에 뜬 문장 기억나지? 조사에 응해 주셔서 고맙습니다.'

복제된 자아를 사은품으로 주다니 기막힌 아이디어였다.

어쨌건 연우는 그 사은품을 끼고 살았다. 젤리 곰은 연우가 아는 건 다 알았고 연우가 느끼는 감정도 다 이해했다. 알 수 없는 존재에게 채집당해 큐브에 갇힌 채 우주를 떠다니다가 1년이 지난 시점에 돌아왔다는 망상 같은 이야기를 오직 젤리 곰한테만 털어놓을 수 있었다.

연우는 전화기를 이불 위에 던지고 그 옆에 드러누웠다.

젤리 곰이 물었다.

"너, 괜찮냐?"

"나쁘지 않아."

"나쁘지 않아? 나쁘지 않다고? 방금 해고니한테 차였잖아."

"방금이라니, 세 시간도 넘게 지났다."

"야!"

젤리 곰은 끓는점이 낮았다. 백업될 때 오류가 있었는지, 백업된 자아의 특성인지, 깨닫지 못했을 뿐 자신이 원래 저랬는지는 알 수 없지만, 지금 연우와는 온도 차가 났다.

"그래서 이대로 포기할 거야?"

젤리 곰은 자기가 묻고 자기가 대답했다.

"해고니 말이야, 내가 싫다고 한 건 아니잖아?"

"그렇지."

"그럼 아직 가능성이 있다는 뜻 아냐?"

대단한 발견이라도 한 듯 의기양양한 목소리였다.

'연우 넌 여기 떠날 거잖아.'

연우는 해고니가 한 말을 떠올렸다.

"안 떠나면 되려나?"

지금까지 고성을 떠나지 않는다는 선택지는 생각해 본 적 없었다. H대 기계공학과는 1학년 첫 진로 상담에서 담임이 찍어 준 곳 가운데 하나였다.

'농어촌 전형이면 넉넉하지. 잘하면 그 위도 가능하고. 기공이면 취업 걱정 없다.'

전설급 아이템을 손쉽게 얻을 수 있는 버그라도 알려 주는 듯한 말투였다. H대 기계공학과 졸업, 졸업 후 취업. 그때부터 쭉 연우의 미래였다. 불만은 없었다.

연우는 나고 자란 바닷가 마을에 특별한 감흥은 없었다. 그렇다고 다른 애들처럼 지긋지긋하다고 생각하지도 않았다. 그냥 그랬다. 졸업한 선배들은 마을을 떠났고 연우도 그걸 당연하게 받아들였을 뿐이었다. 하지만 해고니가 남아 있다. 다른 누구도 아닌 해고니가.

해고니랑 남는다. 달콤하게 들렸다.

젤리 곰이 말했다.

"안 될 거 없지."

4. 전설급 아이템

연우는 일어나 거실로 나갔다. 냉장고 문을 열고 생수병째로 찬물을 들이켜는데 문소리가 났다. 화장실에서 나오던 아버지가 연우를 보았다.

"덥냐?"

"아뇨. 그냥 나왔어요."

아버지가 연우를 빤히 보았다. 금 간 그릇을 보는 듯한 눈길이다. 혹시 더 갈라지지는 않았는지 가늠하는. 그러나 사람은 그릇이 아니라서, 그렇게 본다고 뭐가 보이지는 않았던지 아버지는 큼, 헛기침을 하고 돌아섰다.

연우는 충동적으로 말을 꺼냈다.

"저 대학 안 가도 돼요?"

아버지가 눈을 끔뻑이더니 갑자기 로또 당첨 소식이라도

들은 사람처럼 흥분해 말을 쏟아 냈다.

"연우 너, 문어 낚시 해 볼래? 뭐냐 워라밸, 배 타고 나가면 3시 전에 집에 오는 거 알지? 손님 태우고 나가서 그렇지, 우리끼리 나가면 12시면 집에 온다. 벌이도 월급쟁이보다 낫고."

평소 과묵함은 내다 버리기라도 한 것 같았다. 연우는 낯선 아버지 모습에 어리둥절한 채 속으로 중얼거렸다. 근데 새벽 3시 반에 일어나시잖아요.

"배 타기 싫으면 민박도 괜찮다. 몸도 고단하지 않고. 우리 집, 2층 올리면 바다도 보이니까. 에어비앤비, 그런 거 해도 되지. 저리로 대출되니까. 공무원 시험 쳐서 군청 공무원 해도 괜찮고. 니가 마음만 먹으면 뭐든……."

아버지가 담배를 입에 물었다가 입술을 몇 번 옴죽거리더니 다시 손에 들었다.

"뭐든 좋으니까, 너 하고 싶은 거 해."

1학년 때 진로 희망 조사서를 내밀었더니 아버지는 읽어 보지도 않고 종이를 도로 건넸다.

'뭐든 상관없으니까, 구워 먹든 쪄 먹든 니 인생 너 알아서 해라.'

뭐든 상관없다와 뭐든 좋다. 아버지는 달라졌다. 불 꺼진 집, 대화 없는 저녁, 열리지 않는 문, 닫힌 방, 방치된 시간들.

아무리 해도 익숙해지지 않던 일상이 이렇게 간단히 바뀔 줄은 몰랐다.

"그 말 무르기 없기예요."

아버지는 말로만 듣던 바람직한 아버지처럼 자신을 대했고, 그 덕에 연우는 젤리 곰의 부추김에 완벽하게 넘어갔다.

연우는 방으로 들어가자마자 바로 전화를 걸었다.

"윤찬아, 너 고백해 봤냐?"

"끊어. 형 공부한다."

끈질기게 매달리자, 임윤찬은 먹고 떨어지라는 듯 대답을 뱉었다.

"꽃다발, 액세서리, 인형. 하나는 갖고 가. 빈손으로 가지 말고. 모양 빠져."

한 시간 넘게 버스를 타고 찾아간 액세서리 가게는 판매원이 너무 적극적이었다. 신상이다, 인기템이다 설명을 늘어놓으며 끊임없이 물건을 들이밀었다. 그 기세에 휩쓸린 연우는 얼결에 그립톡 두 개를 계산하고 가게를 빠져나왔다. 꽃다발이나 인형은 들고 갈 엄두가 나지 않았다. 그랬다간 내일 당장 길 건너 민수 민박 할머니 귀에까지 들어갈 것이다. 장기 매매범한테 납치당했다 신내림을 받고 마약 팔이 앵벌이를 하다가 기억 상실증에 걸려 돌아온 문어 선장 집 외아들이 어떤 꼴로 읍내를 돌아다녔는지 온 동네가 알게 될 거다.

"이걸로 될까? 너무 무난하지 않아?"

젤리 곰이 말했다.

"진호 형한테 물어볼까? 서울에 여친 있댔잖아."

"오!"

연우는 메시지 앱을 열었다.

> 형, 고백 선물로 그립톡 어때요?

칼 답이 돌아왔다.

> 왜? 해고니한테 고백하게?

그렇게 티가 났나? 숨길 일도 아니었다. 연우는 순순히 털어놓았다.

> 넵

다음 메시지는 시간이 걸렸다.

> 이리 와 볼래?

> 서프 나인요?

> 거기 옥탑

옥탑은 진호 형 개인 공간이라 거기까지 올라간 건 처음이었다. 바깥문을 열고 들어가자 텔레비전, 소파 겸 침대, 냉장고가 들어차 있고, 작은 방도 있었다. 방문 옆에 세워 놓은 갈라진 서프보드가 연우의 눈길을 끌었다.

"내 첫 보드야. 고딩 때 중고로 산 거. 정이 있는 대로 들어서 버릴 수가 없더라고."

놀림받을 각오를 단단히 했지만 진호 형은 퍽 진지한 표정으로 말을 꺼냈다.

"이제야 고백할 용기가 났어?"

"고백은 했어요. 어제."

진호 형이 픽 웃었다.

"차였구만."

진호 형이 냉장고에서 비타민 음료를 꺼내 연우 앞에 놓았다.

"어떻게 알았어요?"

"투명한 새끼. 너는 얼굴만 보면 알아."

연우가 병을 단숨에 비우자, 진호 형이 방문을 열고 턱짓했다. 그곳은 작업 공간이었다. 창가에 작은 책상이 놓여 있고, 책상 위에는 뽀얀 가루가 잔뜩 쌓여 있었다. 두 줄로 늘어선 선반 위에는 작은 통들과 어디에 쓰는지 알 수 없는 도구들이 널려 있었다. 형이 통 안에서 반짝이는 조각 하나를 꺼내 연우에게 내밀었다.

"어떠냐?"

상어 지느러미 같기도 하고, 파도 모양 같기도 한, 반짝이는 조각이었다.

"레진을 갈아서 만든 건데, 끈 달면 목걸이야."

짙고 옅은 파랑 위로 흐르는 흰 점들이 물살이 부서지는 파도 같았다. 바다와 해고니. 어울렸다. 자기도 모르게 손을 뻗는데 진호 형이 조각을 말아 쥐었다.

"연우야, 이번에도 거절하면 포기해라. 쿨하게. 매달리지 말고."

"안 그래요."

다짐을 받아 낸 진호 형이 손을 폈다. 연우는 목걸이값을 치르고 1층으로 내려왔다. 따라 내려온 진호 형이 커피 머신에 전원을 켰다.

"해고니는요?"

"택배 심부름."

연우는 가게 앞에서 해고니를 기다렸다. 바다도 하늘도 새

파랬다. 구름 한 점 없었다. 매미 소리가 시끄러웠다. 온몸에 내리꽂히는 햇살에 눈을 뜰 수 없었지만, 살갗에 닿는 볕은 그리 따갑지 않았다. 얼마 지나지 않아 언덕에서 노란 스쿠터가 내려왔다.

가슴속에서 파도가 일렁였다. 한 번 거절당했으니 또 거절당할 가능성도 컸다. 뜻밖에도 두려움은 크지 않았다. 그냥 궁금했다. 목걸이를 내밀면 뭐라고 할까, 어떤 표정을 지을까.

"이거 뭐야?"

"생일 선물. 늦어서 미안. 그리고 나 여기 안 떠날 거야. 나랑 사귀자."

연우는 선물을 건네며 고백을 쏟아 냈다. 그러고 나니 얼굴을 볼 수가 없었다. 연우의 시선은 해고니 손끝에서 대롱거리는 파란 조각을 따라 이리저리 흔들렸다.

"얼마 주고 샀어?"

해고니가 물었다.

"3만 5천 원."

"너무 비싸지 않아? 안 아까워? 그냥 플라스틱 목걸이인데."

연우는 고개를 저었다.

"안 비싸. 안 아까워. 예쁘고, 너한테 잘 어울려."

"그래……."

좋다는 건지 싫다는 건지 알 수 없었다. 어느 쪽일까 가늠하고 있는데 연우 손끝에 해고니 손이 닿았다. 고개를 들자 빨간 얼굴을 한 해고니 목에 연우가 선물한 작은 파도가 걸려 있었다.

"정말 어울려?"

닿은 손가락이 얽히고 두 손바닥이 달라붙었다. 손바닥에서 나비 떼가 쏟아져 나와 날갯짓하는 것 같았다. 손끝부터 블랙홀로 빨려 들어가 다른 차원을 떠다니는 것 같기도 했다.

연우는 서핑 슈트를 빨 때도, 보드를 정리할 때도, 손님을 맞을 때도, 빨래방에 갈 때도, 해고니랑 붙어 다녔다. 집에 갈 때도 당연히 함께였다.

해고니가 여느 때와는 달리 초도항으로 가는 해안 도로가 아니라 거진으로 뚫린 큰길로 스쿠터를 몰았다.

"왜 이쪽으로 가?"

"문자 못 받았어?"

"무슨 문자?"

"나루가 애들 데리고 비비큐로 온댔잖아."

"비비큐? 송지호 해수욕장?"

"응. 너한테도 말했다던데."

연우는 어제 나루가 보낸 문자가 떠올랐다.

"성질 급한 자식."

여름이라 해가 길었다. 송지호 해수욕장에 도착하니 아직 주위가 환했다. 주차장에 스쿠터를 세우고 내리는데 치킨집에 앉아 있는 아이들이 한눈에 보였다. 아이들도 금방 알아보았다. 우르르 뛰어나와 연우를 둘러싸더니 등짝을 후려쳤다.

"쌩깔 사람이 없어서 우릴 쌩까냐? 인생 왜 그렇게 사냐, 응?"

나루가 포문을 열자, 걱정은 있는 대로 시켜 놓고 어쩌면 그렇게 메시지를 싹 씹을 수 있냐며 너도나도 원망을 늘어놓았다. 연우는 순순히 등을 내어 주었다.

"미안."

자리에 앉고 보니 얼굴이 다들 불그죽죽했다. 연우와 해고니 앞에도 가득 찬 맥주잔이 놓였다.

"야, 근데 너 진짜 아무것도 기억 안 나냐?"

빨갛게 물들인 머리카락을 쓸어 넘기며 누가 물었다. 가만 보니 반장이었다. 분위기가 너무 바뀌었다. 연우가 픽 웃었다.

"기억 안 나긴, 다 나. 외계인한테 납치당했다가 우주 미아 될 뻔했다."

"헐! 기억 잃었단 거 진짠가 봄."

나루가 반장을 옆으로 밀쳤다.

"분위기 파악 좀. 반장 넌 대학 가도 발전이 없냐? 잘 돌아왔다, 우연우!"

나루가 맥주로 출렁이는 잔을 내밀었다. 연우는 머뭇거리다 잔으로 손을 뻗었다. 그런데 그보다 빠르게 해고니 손이 연우 잔을 낚아챘다.

"얘는 고딩이라 안 돼."

코웃음 치는 소리가 여기저기서 들렸다.

"고딩 같은 소리 하네. 복학도 안 했다면서."

"마음은 아직 고딩이야."

"마음이 뭔 상관이냐, 나라에서 성인이라는데. 제삼자는 빠지시죠."

나루가 깐족거렸다.

"성인 아닌데. 제삼자도 아니고."

해고니가 나란히 놓아 둔 휴대폰 두 대에 과장되게 눈길을 주었다. 전화기에 붙은 똑같은 그립톡은 누가 봐도 커플 아이템이었다.

"이게 뭐야!"

나루가 휴대폰으로 손을 뻗었지만 연우가 빨랐다.

"어허, 형 물건에 손대는 거 아니다."

"나이도 어린 게 무슨 형이야!"

약이 오른 나루가 연우를 뒤에서 번쩍 들어 안았다. 그 순간 아이들이 짜기라도 한 듯 연우 팔다리를 들어 올렸다.

"야! 야!"

아이들한테 둘러싸이자 술 냄새가 확 풍겨 왔다.

"니들 얼마나 마신 거야!"

연우 말은 들은 척 만 척 흥분한 아이들은 연우를 그대로 들고 바다로 달려가기 시작했다.

"우연우, 입수!"

그러고는 그대로 바닷물에 던져 넣었다. 송지호 해변은 바다가 깊지 않았다. 한참 들어가도 무릎에서 찰랑거리는, 동해안에서는 보기 드문 얕은 해변이었다. 그러니까 그냥 장난이었다. 그래서 해고니도 딱히 말리지 않았고, 연우도 버둥거리는 시늉을 하며 전화기를 든 손만 위로 쳐들었다.

그러나 내려서며 발을 헛디뎠고, 균형을 잡으려다 휴대폰을 놓치고 말았다. 망했다. 바닷물에 빠지다니. 그래도 그냥 둘 수는 없었다. 연우는 곧장 물속으로 머리를 들이밀었다. 부옇던 물살이 가라앉자 모랫바닥에 살포시 놓인 휴대폰이 눈에 들어왔다. 손을 뻗었다. 그리고 휴대폰을 집는데, 버튼을 누르기라도 한 듯 투명한 젤리 곰에 빨갛게 불이 들어왔다. 그리고 매미 소리. 바닷속인데 매미?

연우는 눈을 깜빡였다. 물이 사라졌다. 깜빡이는 젤리 곰을 둘러싸고 네모난 모양으로 썰어 낸 듯 사라졌다. 처음에는 우유갑만 한 크기였다. 그런데 무언가가 물을 밀어내기라도 하듯 빈 공간은 점점 커졌다.

눈앞에서 벌어지는 일인데도 믿을 수가 없었다. 마술을 보는 것 같았다. 아니면 영화라든지. 어쨌건 현실에서는 있을 수 없는 일이었다. 연우는 자기도 모르게 물이 막힌 벽으로 고개를 들이밀었다. 벽 안으로 들어가자 확실히 알 수 있었다. 모서리의 길이가 같고 사방이 대칭. 큐브 모양이었다. 저도 모르게 숨을 들이켜다 물속이라는 게 떠올랐다. 급하게 숨을 멈추려는데, 자연스럽게 숨이 쉬어졌다. 포도 냄새가 났다.

다시 한 번 깊이 숨을 들이쉬다 물살이 밀려와 팔을 허우적거렸다. 손에 쥔 젤리 곰이 멀어졌다. 큐브 밖으로 밀려나자 콧속으로 바닷물이 왈칵 쏟아져 들어왔다. 연우는 허겁지겁 몸을 일으켜 세웠다.

바닷물을 뚝뚝 흘리며 콜록거리는 연우를 친구들이 에워쌌다.

야 괜찮냐, 전화기 어떡하냐, 미안, 이참에 새것 사라, 아이들 목소리가 사방에서 웅웅거렸다. 연우는 그 말에 대꾸할 정신이 없었다. 얼굴을 훔치고 아이들 표정을 살폈다. 가벼운 걱정, 놀람, 그게 다였다. 큐브를 본 사람은 없는 것 같았다.

연우는 화장실로 뛰어 들어가 세면기에 물을 받았다. 옆 사람이 손을 씻고 나가자, 안을 한번 휘둘러보았다. 아무도 없는 걸 확인한 뒤 세면기에 휴대폰을 담그고는 뚫어져라 바라

보았다. 젤리 곰의 투명한 몸체 뒤로 세면기가 하얗게 비쳤다. 그러니까, 아무 일도 일어나지 않았다.

"어떻게 된 거야?"

젤리 곰은 말이 없었다. 화장실 칸 안에서 물 내리는 소리가 났다. 연우는 물속에서 휴대폰을 건졌다. 젤리 곰은 언제 빨갛게 변했냐는 듯 투명했다.

빨갛게 변한 젤리 곰과 큐브 모양으로 사라진 바닷물. 살갗이 파르르 일어났다. 8월이다. 몸이 좀 젖었다고 추위 탈 날씨가 아닌데도 등덜미가 서늘했다. 바닷물이 흘러내려 눈이 따가웠다. 거칠게 얼굴을 씻어 내자 거울에 물이 튀었다. 거울에 비친 얼굴이 물방울에 이지러져 허깨비 같았다.

빨간 젤리 곰, 빨간 홀로그램 공, 큐브. 현재의 공포가 과거의 공포를 소환하고 망상이 망상을 불러온 거다. 그런 거다. 머리와 몸을 대충 헹궈 내고 휴지로 닦았다. 휴대폰과 젤리 곰도 닦았다. 매미 소리가 시끄러웠다. 들숨마다 포도 냄새가 따라왔다.

연우는 치킨집으로 돌아갔다. 자리에 앉자 해고니가 물었다.

"괜찮아?"

"응."

괜찮아 보이고 싶었다. 젤리 곰도 큐브도 머릿속에서 지우려고 애썼다. 그때 탁자 밑으로 해고니 손이 닿았다. 머릿속을 가득 채우던 것들이 한순간 흐릿해졌다. 흥분해서 떠드는 목소리, 웃음소리, 주문하는 소리, 왁자한 소음 속에서 연우는 손가락밖에 없는 사람이 되었다가 손이 부드럽게 얽혀 들자 이내 손밖에 없는 사람이 되었다. 해고니 웃음소리가 들렸다. 현실감이 사라졌다. 아무래도 좋았다.

치킨집 모임은 오래지 않아 끝났다. 맥주잔을 거푸 비워 내던 나루가 갑자기 울기 시작했고, 주위 사람들이 힐끔거리는 바람에 저절로 집에 가는 분위기가 되었다.

아이들은 속초로 간성으로 떠났다. 고성으로 가는 사람은 연우와 해고니뿐이었다.

해고니가 스쿠터 열쇠를 던졌다. 연우가 한 번에 받자 해고니가 배시시 웃었다.

"아, 미친."

연우가 중얼거렸다.

"뭐야, 운전하기 싫음 내놔. 기껏 우리 망고 핸들 넘겨줬더니. 내가 술 마셔서 주는 거야."

해고니가 샐쭉해서 볼멘소리를 했다.

"아니, 그게 아니라. 너 웃으니까 막 빛이 나서."

딸꾹질 소리가 났다.

"야, 우연우, 너, 너."

해고니가 더듬거렸고, 그 사이사이 딸꾹질 소리가 거푸 들렸다.

"아, 아니, 그게 아니라."

이런 낯 뜨거운 소릴 하다니. 자기가 말해 놓고도 믿을 수가 없었다. 연우는 부랴부랴 스쿠터에 올라 시동을 걸었다.

달리는 스쿠터 뒤에서 해고니가 소리쳤다.

"우연우!"

"왜?"

"그 목걸이 내가 만든 거다!"

"뭐?"

"나 레진 깎아서 목걸이 만드는 거, 진호 오빠한테서 배우거든. 그걸 누가 돈 내고 살까 했는데, 우연우 니가 살 줄이야! 혹시, 내가 만든 줄 알았어?"

"아니!"

"진짜?"

"진짜!"

"고마워!"

좋아하는 사람과 함께 있으면 원래 이런가? 그 애가 움직이면 모든 것이 멈추고, 그 애가 말을 하면 세상이 숨을 죽였다. 함께 있는 동안은 다른 아무 생각도 나지 않았고, 헤어진 뒤에는 그 애의 말과 몸짓이 자기 안에서 메아리처럼 울렸다.

연우는 자기도 모르게 벙싯거리며 집으로 들어서다 거실에서 축구를 보고 있던 아버지한테 기어코 한마디 들었다.

"뭐 좋은 일 있냐?"

좋은 일, 바로 해고니 얼굴이 떠올랐다. 연우는 어쩐지 마음이 조급해져 서둘러 옷을 갈아입었다. 얼른 씻고 해고니가 잠들기 전에 말을 걸고 싶었다. 그런데 욕실 불이 켜자마자 나갔다. 밖에서 아버지 고함이 들렸다. 텔레비전 전원도 나간 모양이었다. 아버지가 휴대용 플래시를 찾아 켜고는 두꺼비집을 열어 전원을 다시 올렸지만 소용없었다.

"더워서 어떡하냐?"

"밤이잖아요."

"밤이면? 쪄 죽을 판인데. 전국 폭염 경보, 열대야 비상이란다."

여름치고는 선선하다고 생각했는데 폭염 경보라니. 불 꺼진 욕실에서 대충 씻고 나오자 아버지는 소파에 누워 휴대폰으로 축구 경기를 보고 있었다. 에어컨이 있는 곳은 거실과 연우 방뿐이었다.

"찬 기운 나가니까 창문 열지 말고."

연우는 방으로 들어왔다. 고장 난 휴대폰을 책상 위에 던져 놓고 커튼을 열었다. 달빛이 쏟아졌다. 감상적인 기분으로 노트북 전원을 눌렀다. 해고니한테 말을 걸고 싶었다. 지금 뭐

하는지 묻고 싶었다. 기분이 어떤지도 궁금했다. 그리고 무엇보다 우리 사귀기로 했다고, 오늘부터 1일이라고 말하고 싶었다.

그런데 노트북이 반응이 없었다. 콘센트를 보니 노트북이 아니라 블루투스 스피커 충전기가 꽂혀 있었다. 노트북은 방전, 휴대폰은 고장. 해고니에게 닿을 방법이 없었다. 갑자기 기분이 가라앉았다. 머나먼 곳으로 밀려나간 느낌이었다. 낯설지 않은 느낌이었다. 세상과 떨어진 곳에 혼자 갇힌 느낌. 방문 너머에서 웅웅거리는 스포츠 캐스터의 목소리가 먼바다에서 들리는 파도 소리 같았다.

문득 의문이 들었다. 해고니랑 함께한 그 달콤한 시간은 진짜일까? 그 또한 망상은 아닐까? 창밖으로 본 지구, 말하는 젤리 곰, 사라진 바닷물이 모두 자기 머릿속에서만 벌어진 일이라면, 치킨집에서 친구들을 만난 것도, 해고니에게 고백한 것도 그럴 수 있지 않을까?

책상 위에 놓아둔 휴대폰이 보였다. 전화기가 제대로 켜진다면, 바닷속에 빠진 적이 없다는 뜻이다. 그 모든 일이 망상이라는 증거일 거다. 휴대폰으로 손을 뻗었다. 그런데 막 손이 닿으려는 그때, 젤리 곰에 불이 들어왔다. 어둠 속에서 형체만 보이던 젤리 곰이, 반지르르 빨갛게 빛나고 있었다. 연우는 놀라 손을 뺐다. 빛이 꺼졌다. 머뭇거리며 다시 손을 뻗자

빛이 들어왔다.

"뭐야……?"

혼잣말이었다. 그런데 이제껏 침묵하던 젤리 곰이 깜빡, 점멸하며 반응했다.

"안정을 위해 항상성 시스템을 작동합니다."

이렇게 반가울 줄은 몰랐다. 망상이라 해도 기뻤다. 연우는 달려들듯 말을 걸었다.

"야, 너 아까는 왜……!"

그러나 빨간빛이 깜빡이고 다시 흘러나온 목소리에 말문이 막혔다.

"시스템 종료를 원하면 장치를 분리하세요."

어울리지 않는 존댓말에 기계음처럼 생기가 빠져나간, 평소랑 완전히 다른 목소리였다.

깜빡.

"당신은 자유입니다."

다시 깜빡. 젤리 곰은 같은 말을 반복했다. 안정을 위해 항상성 시스템이 작동 중입니다. 깜빡. 당신은 자유입니다. 깜빡. 공중에 뜬 빨간 홀로그램 공의 이미지가 머릿속에서 선명하게 떠올랐다.

'당신은 채집되었습니다.'

큐브에서 나가기 위해 발버둥 치던 자기 모습도.

'안정을 위해 의식을 통제합니다.'

매미 소리가 들렸다. 포도 냄새가 났다. 올해는 유난히 매미가 울어 댄다고, 이상하게 가는 곳마다 포도 냄새가 난다고 생각했다.

"다 망상이야."

"뭐가?"

젤리 곰이 말했다. 말투가 달랐다. 고저 없이 기계처럼 말하던 조금 전과는 완전히 달랐다. 원래 젤리 곰의 말투, 그러니까 연우 말투였다.

"너는 말 같은 건 못 해. 다 내 망상일 뿐이지."

"증거 있어?"

젤리 곰은 최면에서 풀려나기라도 한 듯 이전으로 돌아갔다.

"있지. 아까 송지호 해수욕장에서 너 말 안 한 거, 안 한 게 아니라 못 한 거잖아. 넌 백업된 자아 같은 게 아니라 그냥 플라스틱 덩어리니까."

"스피커가 맛이 가서 그래. 폰이 바닷속에 잠겼잖아. 난 폰이랑 연결되어 있어. 폰 카메라가 내 눈이고, 스피커가 내 입이라고."

"그럼 지금은 어떻게 말하는데?"

"블루투스 스피커로. 니가 전원 켜고 충전해 놓고 나갔잖아!"

젤리 곰이 왈칵 짜증을 냈다. 짜증이라면 연우도 낼 수 있었다.

"넌 증거 있어? 네가 망상이 아니란 증거 있냐고."

젤리 곰이 한숨을 쉬었다.

"내가 이렇게 바보였다니. 사람들 앞에서 말해 볼까? 내 말 들을 수 있나, 없나?"

연우는 할 말이 없었다. 명백한 증거였다. 다만, 젤리 곰을 사람들 앞에 내보였다가는 무슨 일이 벌어질지 몰랐다.

"다른 증거도 있지. 라이카."

연우는 젤리 곰의 말을 한 번에 알아듣지 못했다.

"뭐?"

"돌아오기 바로 전에 빨간 공에 뜬 말 기억 안 나?"

머릿속에 한 장면이 떠올랐다.

우리는…… 생존할…… 라이카…… 찾습니다.

'무슨 조사?'라고 물었을 때 떠오른 말이었다. 어떻게 이걸 잊고 있었을까?

연우가 할 말을 찾기도 전에 젤리 곰이 말했다.

"너 라이카가 뭔지 알아?"

"몰라. 그게 뭔데?"

"나도 모르지. 난 너니까."

연우는 젤리 곰이 무슨 말을 하는지 알아챘다. 모르는 걸 상상할 수는 없다. 그러니까 망상이라면, 연우가 모르는 게 나와서는 안 되었다.

연우는 노트북을 켜고 검색창에 '라이카'라는 단어를 써넣었다. 카메라 사진들이 화면을 가득 채웠다. 라이카는 카메라 브랜드 이름이었다.

'우리는', '생존할', '라이카', '찾습니다'.

'우리'는 누군가가 있다는 뜻이다. 어떤 지적 '존재'가 의도를 갖고 연우를 납치해 큐브에 가두었다는 말이다. 그런 짓을 한 이유는 라이카를 찾기 위해서. 그런데 라이카가 카메라라면 그냥 사면 간단하지 않나? 굳이 연우를 잡아다가 가둘 것이 아니라. 아니면 지구를 생중계할 카메라가 필요하다는 뜻일까? 그래서 연우를 풀어 준 걸까? 중계용 카메라로 쓰기 위해서?

연우는 휴대폰의 전원 버튼을 눌렀다. 전화기는 켜지지 않았다. 휴대폰을 바다에 빠뜨린 건 사실이라는 증거였다. 연우가 보고 들은 것이 모두 사실이라면, 젤리 곰이 말하는 것도, 바닷물이 사라진 것도, 큐브에 갇힌 것도.

"그럼 너는 뭐야?"

"네 뇌를 백업해서 만든 자아라고 했잖아."

연우가 묻고 싶은 건 그게 아니었다.

"사은품이라며?"

젤리 곰은 자신을 그렇게 설명했다. 그러나 사은품이란 건 기껏해야 휴대용 화장지나 볼펜처럼 손쉽게 구할 수 있고 기능도 별거 없다. 하지만 '백업된 자아'는 어디서도 구할 수 없다. 추가 기능은 말할 것도 없고.

"그런데 어떻게 물을 사라지게 해?"

젤리 곰이 우물거렸다.

"그건 나도 몰라. 장치가 작동하는 거라······."

연우는 털이 곤두선 살갗을 문지르며 머릿속에 떠오르는 생각을 두서없이 말했다.

"네가 진짜라면 말이야, 장치인지 뭔지도 진짜고 지구를 빙빙 돌던 것도 진짜 일어난 일이고, 라이카인지 뭔지를 찾기 위해 조사했다는 것도 진짜라고 쳐. 근데 그럼, 왜 널 나한테 붙여 놨을까? 무슨 이유가 있을 거 아냐. 그렇지? 의도가 있었을 거야."

"무슨 의도?"

백업된 자아인 척하고 경계심을 푼 다음 연우가 카메라 노릇을 잘하는지 감시하려는 의도? 아니면, 넷플릭스 드라마에 나오는 것처럼 '여벌의 연우'를 만들어 연우의 자아를 바꿔치기하려는 의도?

아니, 큐브 모양으로 물이 사라진 걸 보면, 젤리 곰은 일종의 휴대용 큐브인 걸까?

생각을 떠올린 순간 기절하게 배가 아프던, 귓속으로 끊임없이 눈물이 흘러들던, 영원히 해고니를 볼 수 없을 거라고 절망하던, 망상이라고 덮어 놓았던 그때 거기가 돌연, 지금 여기가 되었다.

"의도가 뭐건 나랑은 상관없……."

연우는 블루투스 스피커를 껐다. 그 모든 것이 사실이라면, 연우는 그 사실로부터 멀어지고 싶었다. 그 모든 흔적을, 증거를 말끔히 치워 버리고 싶었다. 젤리 곰을 휴대폰에서 떼어 내고는 손에 단단히 쥐었다. 그리고 그대로 집 밖으로 나가자마자 넘실대는 검은 파도를 향해 내던졌다.

연우는 돌아오자마자 방 안을 뒤집어엎었다. 백업 본이 있다면 카피도 얼마든지 가능할 거다. 게다가 젤리 곰처럼 작다면 어디에 어떤 모양으로 달려 있어도 이상하지 않았다. 하지만 아무것도 나오지 않았다. 불안이 스멀스멀 올라왔다. 미처 찾아내지 못한 곳, 눈에 보이지 않는 어딘가에 뭐가 있어도 있을 것 같았다. 지붕 위에 있거나 옆집 옥상에 있을 수도 있었다.

아! 어쩌면 몸에 붙어 있을지도 몰랐다. 불안은 구르는 눈

덩이처럼 몸집을 키워 갔다. 플래시를 들고 욕실에 들어가 온몸을 살폈다. 거울로 등도 비추어 보았다. 역시나 아무것도 없었지만 마음이 놓이지 않았다. 몸속에 있을지도 모른다. 칩 같은 거라든지. 연우는 이마를 훔쳤다. 땀이 배어 나왔다. 식은땀인가 했더니 그게 아니다. 더웠다. 에어컨을 향해 리모컨 버튼을 눌렀지만 작동하지 않았다.

"아, 정전."

창문을 열자 습한 공기가 민달팽이처럼 기어들어 왔다. 더위는 조금도 가시지 않은 채 축축하고 소금기 어린 공기가 살갗에 들러붙어 숨쉬기가 되레 어려워졌다. 오늘따라 너무 더웠다. 원래 이렇게 후덥지근했나? 짜증이 치밀었다. 뭔가 아주 잘못된 것 같았다.

"어째서……?"

그러나 생각이 더 나아가지 않았다. 그러기에는 너무 덥고, 습하고, 불안했다. 눈 감기가 무서웠다. 눈 뜨면 다시 큐브 안일까 봐. 자꾸 휴대폰으로 눈이 갔다. 전화기가 고장 난 걸 알지만 해고니가 보낸 이별 메시지가 들어와 있을 것 같았다.

헤어지자. 넌 여기 떠날 거잖아.

아니, 떠나지 않기로 했는데. 여기서 민박을 하든지, 아니면 문어 낚시를 하든지, 아니면 군청 공무원을 하든지……. 아버지가 말해 준 미래 계획을 하나씩 떠올렸다. 그때는 숨겨진 정답을 찾은 것만 같았는데, 이제 와 생각해 보니 아무것도 와닿지 않았다.

대학을 가려 한 것도, 기계공학과를 택한 것도 딱히 와닿는 이유가 있어서는 아니었다. 그래도 그걸 위해서 중학생 때부터 몇 년을 꼬박 공부했다. 대학 목록을 불러 주고 찍어 준 건 담임이었지만 결정을 한 건 연우 자신이었다. 거기에 어떤 불만도 불안도 없었다.

불안한 건 되레 지금이었다. 가로막는 것도 없는데 갇힌 것처럼 답답하고 불안했다. MRI 기계에 갇혀 있던 때처럼 손이 떨리고 숨쉬기가 힘들었다.

방 안을 맴돌다 머리를 헝클였다. 분명히 멀쩡했는데 왜 이렇게 된 걸까? 달라진 건 하나였다. 연우는 의자에서 일어나 방문을 열었다. 현관문을 열고 대문을 열었다. 등 뒤에서 문 닫히는 소리가 요란했다.

바다로 다가가 망연한 표정으로 출렁이는 검고 거대한 물을 바라보았다. 기가 막혔다. 대체 무슨 생각으로 달려 나온 걸까? 바다에 던진 걸 무슨 수로 찾겠다고.

파도가 발목을 적셨다. 젖은 신발을 벗고 가로등 빛에 희게 질린 모래사장을 터벅터벅 걸어 나왔다. 그런데 길을 몇 걸음 남겨 두고 발에 무언가가 걸렸다. 무심코 밟고 가려는데, 발가락 사이에서 빨간빛이 새어 나왔다. 젤리 곰이었다.

연우는 막 마감하려는 편의점으로 들어가 메로나를 샀다. 정자에 앉아 봉지를 뜯자 손목에 걸어 놓은 젤리 곰이 빨갛게 빛을 내며 대롱거렸다. 더는 덥지도 숨이 가쁘지도 손이 떨리지도 않았다. 단 몇 분 사이에 더위가 가시고 불안이 날아갔다. 젤리 곰이 한 일이었다. 그야말로 전설급 아이템이었다.

가까운 곳에서 폭죽 소리가 들려왔다. 소리가 끝날 때까지 귀를 기울이다 아래에서부터 녹아내리는 메로나를 크게 한 입 베어 물었다. 물렁물렁하고 쫀득한 덩어리와 인공 멜론 향. 비누를 먹는 것 같았지만 나쁘지는 않았다.

5. 전기밥솥과 자동 소화기

다음 날 눈을 뜨니 9시였다. 에어컨이 돌아가고 있었고, 손목에 감아 둔 젤리 곰은 투명했다. 젤리 곰은, 바다로 던진다는 게 한참 못 미친 곳에 떨어진 모양이었다. 천만다행이었다. 그대로 잃어버렸다면 아침까지 그 상태였을 것이다. 끔찍했다.

연우는 노트북을 켜고 PC용 메시지 앱을 열었다. 새 메시지 네 개.

아버지, 어디 아프냐. 해고니, 오늘은 어쩔 거? 윤찬이, 뭐 하냐, 도서관 안 오냐? 조나루, 너 나한테 얻어먹은 거 다 토해 내. 맨 먼저 해고니에게 답을 보냈다. 감기 걸렸어. 오늘은 집에 있을까 봐. 이따 전화할게. 그리고 윤찬이, 나 재수 포기. 아버지, 어제 더워서 잠 설쳤어요. 마지막으로 조나루, 이제 지적 생명체다운 사고를 할 때도 되지 않았냐.

연우는 메시지 앱을 끈 뒤 젤리 곰을 쥐고 욕실로 갔다. 샤워기 아래 서서 수도꼭지를 열자 물이 머리 위로 쏟아졌다. 몸을 타고 흘러내린 물줄기가 발밑에 고일 즈음 기다렸다는 듯 매미 소리가 났다. 그리고 포도 냄새. 과일의 왕 포도, 달달한 껍질, 탱글탱글한 과육, 새콤한 씨앗, 입안에 침이 고였다.

그때 정수리를 때리던 물줄기가 멈추었다. 고개를 들자 우산을 쓰기라도 한 듯 보이지 않는 막에 막혀 옆으로 흘러내리는 물줄기가 보였다. 연우는 팔을 이리저리 뻗었다. 물줄기가 사방으로 튀었지만, 앞과 뒤, 옆, 아래 어느 쪽으로도 물은 들어오지 못했다.

투명 상자에 든 인형처럼 연우는 물의 장막 안에 갇혀 있었다. 어떻게 이런 일이 가능한 걸까? 대체 어떤 원리로? 연우는 물의 경계를 유심히 살펴보았다.

"신기해."

물의 가장자리에서 물은 사라진다기보다 완전히 다른 것으로 변하는 것 같았다. 마치 산산이 분해되었다가 다시 태어나는 것처럼, 규칙적으로 반복되는 어떤 무늬가 큐브의 가장자리에 빼곡히 들어차 있었다. 큰 무늬 끝에 작은 무늬가, 작은 무늬 끝에 더 작은 무늬가 이어졌다. 점점 더 작은 크기로 반복되는 프랙털처럼 보였다.

큐브가 연우의 몸을 완전히 감쌀 만큼 커지자, 무늬도 또렷해졌다. 연우는 그제야 그 무늬가 한 패턴에서 다른 패턴으로 끊임없이 바뀌고 있다는 것을 알았다.

손바닥을 폈다. 빨갛게 불이 들어온 젤리 곰이 보였다. 빨간 홀로그램 공 대신 빨간 젤리 곰. 젤리 곰에게서 흘러나오는 빛은 패턴이 바뀔 때마다 눈에 띄게 약해졌다. 마치 서로 다른 악기가 박자에 맞추어 강약을 조절하는 것 같았다.

그때 창밖에서 빛이 들어왔다. 물 가장자리가 프리즘처럼 빛을 굴절시켰다. 젤리 곰이 느리게 깜빡일 때마다 수없이 작은 무지개가 물 표면에서 떠올랐다 사라졌다.

"예쁘다."

그 순간만은 아무 생각도 나지 않았다. 연우는 눈앞에서 튀어 오르는 색을 홀린 듯이 지켜보다, 물을 잠그고 몸을 닦았다.

그렇게 초조했는데 지금은 신기하게도 덤덤했다. 좋지도, 나쁘지도 않은 미지근한 기분, 큐브에 갇혀 있을 때 같았다. 감정이 깎여 나간 듯한 기분은, 그저 기분 탓이 아니었다. 그 모든 일이 망상이라면, 이 모든 현상 또한 망상이어야 했다. 그러나 눈앞에 드리운 물의 장막과 머리카락에서 떨어지는 물방울, 매미 소리와 포도 냄새와 수많은 무지개와 깜빡이는 젤리 곰. 시각, 청각, 후각, 촉각이 다 진짜라고 외치고 있었다.

연우는 방으로 들어갔다. 이번에는 젤리 곰을 침대에 놓고 에어컨을 끄고 책상 앞에 앉았다. 창문을 열자, 후끈한 공기가 밀려들었다.

3분이 지나자, 연우는 다리를 달달 떨며 손 선풍기를 틀었다 껐다 반복하고, 젤리 곰 쪽을 보고 또 보았다. 그러다 결국 참지 못하고 젤리 곰을 향해 손을 뻗었다. 빨간 불이 들어왔다.

매미 소리는 일종의 신호였다. 곧 시작될 거라는. 그건 큐브 안에서도 그랬다. 의식이 끊기기 전에 언제나 매미 소리가 들렸다. 그렇다면 포도 냄새는 뭘까? 연우는 코를 킁킁대다 문득 더위가 가신 것을 깨달았다. 젤리 곰을 손바닥에 올려놓고 블루투스 스피커 전원을 켰다. 기계적인 목소리가 들렸다.

"안정을 위해 항상성 시스템을 작동합니다."

창문을 열어 놨으니, 공기는 소금기와 습기를 잔뜩 머금은 상태일 거다. 덥고 끈적끈적해야 맞다. 하지만 지금 연우는 쾌적하기만 했다. 오히려 에어컨을 켰을 때보다 나았다. 연우 방 에어컨은 10년도 더 된 고물로 냉기가 잘 돌지 않았다. 바람이 직통으로 쏟아지는 곳만 시원했고, 비켜서 있으면 선풍기를 켠 것보다 조금 나은 정도였다. 그런데 지금은 딱 좋았다.

젤리 곰이 기계처럼 한 말을 써 내려갔다.

'당신은 자유입니다. 시스템 종료를 원하면 장치를 분리하세요. 안정을 위해 항상성 시스템이 작동 중입니다.'

그리고 아랫줄에 홀로그램 공이 띄운 문장을 썼다.

'당신은 채집되었습니다. 먹이가 근처에 있습니다. 안정을 위해 의식을 통제합니다.'

딱 봐도 비슷했다.

스피커에서 갑자기 젤리 곰의 화난 목소리가 터져 나왔다.

"끄지 마, 이 새끼야!"

기계적인 말투가 아니었다.

"그렇게 말도 없이 끄면 어떡해! 너, 내가 무슨 버스 안내 방송 목소리인 줄 알아? 난 너야. 얼마 전까지 교실에서 공부만 하던 열여덟 살짜리라고."

우는소리가 꼴사나워 도저히 들어 줄 수가 없었다.

"계속 징징대면 스피커 끈다."

젤리 곰이 짜증을 냈다.

"와, 재수 없네. 나 원래 이렇게 인정머리 없는 캐릭터였어?"

"나야말로 내가 이렇게 감정적인 캐릭터인 줄 몰랐다."

정체가 의심스러웠지만 물어볼 곳은 결국 젤리 곰밖에 없었다.

"장치란 게 뭐야?"

"나도 몰라."

"왜 몰라?"

"난 너야. 니가 모르는 걸 내가 어떻게 알아?"

삐진 티가 역력했다.

"너 폰 카메라가 네 눈이라고 했지? 아무것도 안 보여서 답답하지 않아?"

"노트북 카메라로 보이거든?"

"그거 화질 구리잖아. 제대로 대답해 주면, 당장 휴대폰 새로 산다. 그냥 아는 대로만 말해 줘."

연우의 꼬드김에 젤리 곰은 버티지 못했다.

"좋아. 그럼 최신형으로."

"노력해 볼게. 자, 이제 말해 줘. 장치란 게 대체 뭔지."

젤리 곰이 말했다.

"장치는 이 젤리 곰이야."

"뭐? 젤리 곰은 너랬잖아."

"나이기도 하면서 장치이기도 하다고. 장치가 휴대폰이라고 생각해 봐. 난 시리나 빅스비 같은 거고."

"너, 챗봇이었어?"

"인간이라니까."

"그럼 니가 장치를 조종하는 거야? 시리처럼?"

"아니, 나는 장치를 다루지는 못해. 아까 모른다고 한 건 사실이야. 장치가 왜, 어떻게 작동하는지 난 몰라. 내 역할은 음,

시리보다는 전기밥솥에서 나오는 목소리인가? '취사를 마칩니다. 맛있는 밥이 완성되었습니다.' 장치가 하는 일을 설명할 때 목소리를 빌려줄 뿐이야. 물론 그땐 내가 하고 싶은 말은 못 하고."

연우는 젤리 곰을 빤히 보았다. 젤리 곰의 눈은 카메라니까 그렇게 본다 해도 마주 볼 수 있는 건 아니었다. 그냥 기분이 그랬다. 보고 있으면 뭐라도 알 수 있을 것 같았다. 집에 돌아올 때마다 자신을 살피던 아버지 마음을 조금은 알 것 같았다. 연우는 깊은 한숨을 쉬었다.

"넌 도대체 왜 거기 들어가 있는 거냐?"

젤리 곰이 짜증을 냈다.

"나도 모른다니까!"

"할 수 있는 것도 없고, 아는 것도 없고."

연우가 빈정대자 젤리 곰이 발끈했다.

"내가 아는 게 왜 없어!"

"뭘 아는데?"

"장치는 우연우가 물에 빠지면 켜진다. 더워해도 켜진다. 불안해해도 켜진다. 근데, 우연우가 가까이 있어야지만 켜진다. 그리고 장치가 켜지면 짜잔! 문제 해결. 물이 사라지고, 주위가 시원해지고, 불안이 없어진다. 어때?"

"불안해하면 장치가 켜진다고? 장치 때문에 불안한 게 아니라?"

"장치 때문에 날씨가 더운 게 아니잖아. 날씨가 더우니까 장치가 켜지는 거지."

"그럼 항상성은 뭐야?"

"손가락 없어? 검색 좀 해라."

'항상성'은 살아 있는 생명체가 생존에 필요한 안정적인 상태를 능동적으로 유지하는 과정을 말한다. 체온과 혈압의 유지 작용이나 혈액 속의 이온 농도 유지 등을 대표적인 항상성 유지 과정의 예로 들 수 있다.

생명체, 생존, 뜻을 찾아 읽는데 섬뜩한 기분이 들었다. 혹시 채집당한 후유증으로 이 장치가 있어야지만 살 수 있는 몸이 된 걸까?

"나 완전 연약해졌잖아!"

"원래 연약했는데? 큐브 안에서도 못 견뎌서 풀려났잖아. 배 아파서 울고불고. 뭐, 천만다행이었지."

"원랜 멀쩡했거든. 큐브 안에 있어서 그렇게 된 거지."

연우는 젤리 곰을 쥔 손을 폈다가 다시 꾹 눌러 쥐었다.

"자동 소화기 같은 걸까?"

"웬 소화기?"

연우가 설명했다.

"열을 감지하면 자동으로 소화액을 뿌려 불을 끄잖아. 장치도 그렇게 위험을 감지하면 자동으로 작동해서 안전한 상태로 만드는 거 아닐까? 더우면 식혀 주고, 물이 차면 빼 주고."

젤리 곰이 수긍한 듯 덧붙였다.

"무서우면 무섭지 않게, 불안하면 불안하지 않게."

큐브에서 지긋지긋하게 본 메시지가 떠올랐다.

'안정을 위해 의식을 통제합니다.'

언제나 가득 찬 상태로 리셋되는 유부초밥과 깎여 나간 감정들. 그게 '안전'을 위한 것이었다면? 물릴 대로 물린 유부초밥을 꾸역꾸역 먹어 치우고, 미지근한 감각으로 좀비처럼 교실을 오락가락하며 지냈지만, 그래서 별 탈 없이 살아남은 것은 사실이었다.

'생존에 필요한 안정적인 상태', 우리는, 생존할, 라이카, 찾습니다. 연우를 채집했다 놓아준 이들은 연우가 죽지 않고 살아 있기를 바란 건지 모른다. 조사를 이어 나가기 위해. 아니면 조사 그 자체를 위해.

초도 습지에서 흑고니를 포획했다 놓아주는 걸 본 적이 있다. 겨울 철새인 흑고니의 여름 서식지 이동 경로를 알기 위한 거라고 생물 선생이 말했다. 흑고니를 포획한 사람들은 추적 장치를 등에 달아 놓았다. 그 보기 싫고 불편해 보이는 장치를 조사가 끝난 뒤 제대로 제거는 해 주었을까? 이 하늘 저 하늘 날아다니는 흑고니들을 한 마리 한 마리 추적하고 포획해서 일일이 장치를 제거해 줄 것 같지는 않았다. 거기에 비하면 젤리 곰을 '장치'로 만든 그들은 아주 사려 깊었다. 갖고 있던 물건이라 위화감도 적고, 몸에 달아 놓지 않아 거추장스럽지도 않고, 분리할 수 있다고 친절하게 알려 주기까지 했다.

게다가 흑고니에게 달린 장치는 위치 추적용으로, 인간이 편하자고 달아 놓은 거지 흑고니를 위해 단 게 아니다. 그런데 연우에게 달린 장치는 연우를 위해 단 거다. 연우의 추측이 맞는다면 말이다. 그리고 흑고니에게 달린 장치는 결코 스스로 떼어 낼 수 없게끔 만들어 놓았는데, 연우에게 달린 장치는 얼마든지 떼다 버릴 수 있게, 심지어 부주의한 사람이라면 잃어 버릴 수도 있을 만큼 느슨하게 연결되어 있었다. 그리고 말 상대까지 덤으로 넣어 주었다. 복제된 자아, 젤리 곰은 채집되었다 돌아온 연우에게 무엇이든 말할 수 있는, 누구보다 가까운 존재였다.

"인간이 흑고니한테 한 짓에 비하면, 놀랄 만큼 다정하고 선량하지 않아? 그들은 내가 라이카라고 생각했을까? 그래서 생존할 수 있게 널 붙여 놓은 걸까?"

"*그건 이미 탈락 아냐? 부적합이라고 했잖아. 항상성 붕괴, 부적합, 조사 종료.*"

풀려나기 직전의 기억은 흐릿했지만, 기억이 없는 것은 아니었다. 연우는 마음이 좀 놓였다. '우리'는 '라이카'를 찾고 있었으나, 연우는 부적합 판정을 받고 놓여났다. 적어도 연우를 중계용 카메라로 쓰기 위해 젤리 곰을 붙여 놓은 것은 아닌 모양이었다.

"다행이다."

"다행이라고? 감상은 그게 다야?"

"너 가지고 다니려면 비 오는 날 조심해야겠다?"

"너, 괜찮냐? 안 무서워?"

당연히 무서웠다. 이 모든 게 망상이 아니라면, 겁먹어야 마땅했다. 아마 그래서 젤리 곰을 버렸을 때 그렇게 벌벌 떨었을 거다. 그게 진짜 감정일 테지.

"항상성 시스템이 열심히 작동 중인 모양이야."

그래서 지금은 그냥 그런가 보다 했다.

연우가 머리를 말리고 있을 때 아버지가 돌아왔다.

"전화기 왜 꺼 놨냐?"

냉장고를 열고 사이다 캔을 꺼내며 아버지가 물었다.

"폰 바다에 빠뜨렸어요. 애들하고 놀다가."

"애들? 고등학교 동창?"

"예."

"그거 잘했네."

"나 친구랑 놀았다고 칭찬받을 나이 아닌데."

아버지 눈길이 느껴졌지만, 연우는 모르는 척 수건을 털었다. 왜 신경 쓰는지는 안다. 모를 수가 없지만, 금 간 그릇 취급은 이제 그만뒀으면 싶었다. 그럴 때마다 지적받는 기분이었다. 넌, 문제 많은 애라고. 물론 문제가 많긴 하지만.

"그래서 폰 사야 돼요."

연우가 말을 돌리자 아버지가 열없이 웃었다.

"약정도 끝났을 테니, 좋은 걸로 사."

아버지는 당장 연우를 데리고 거진으로 갔다. 가장 큰 가게에서 가장 최근에 나온 휴대폰을 산 뒤 삼겹살집으로 갔다.

"마음에 드냐?"

마음에 들지 않을 리 없었다. 연우가 고개를 끄덕이자, 아버지가 슬며시 웃으며 연우 접시 위에 두툼한 삼겹살 한 덩이를 올려놓았다.

"많이 먹어라."

한 입 베어 물자, 고소한 기름기와 함께 감동이 밀려왔다. 한껏 집중해서 고기를 씹는데 아버지가 물었다.

"뭐 더 기억나는 건 없고?"

가벼운 말투지만 긴장하고 있는 게 뻔히 보였다. 연우는 아주 솔직하게 대답했다.

"그대로예요."

아버지가 변명투로 말했다.

"경찰에서 연락 와서."

"뭔가 알아낸 게 있대요?"

"없대."

아버지가 불판 위에 마늘을 우르르 쏟았다.

"그래서, 이제 도서관은 안 가나?"

연우는 갑자기 속이 더부룩해졌다.

"아버지는 어쩌다 원양 어선 탔어요?"

연우의 딴소리에 아버지는 덤덤하게 넘어가 주었다.

"돈 벌려고 탔지. 동네 형이 돈 모으는 데 그만한 게 없대서."

"그럼 돈 때문인 거네요."

아버지가 사이다를 들이켰다. 단숨에 잔이 비었다.

"그랬지. 근데 딱 죽겠드라. 힘들어서 죽을 똥을 싸는데, 이게 망망대해라 튀지도 못해. 땅에 딱 내리자마자, 돈이고 뭐고 내가 또 배 타면 도루묵 대가리라고 바다에다 침을 수십 번 뱉었거든."

볼 때마다 신기했다. 아버지가 이렇게 말을 많이 할 수 있는 사람이었다니.

"그러고 나서는 또 누가 중장비 하면 쏠쏠하대서, 지게차 면허 따고 지게차를 몰았지. 처음엔 좋더라고. 일단 땅 위고,

수입도 괜찮고, 비 오면 놀고. 참치 배에 비하면 댈 게 아니었지. 근데 이게 이상해. 한 6개월 지나니까 자꾸 바다 생각이 나. 자꾸 생각나면, 끝난 거야."

연우가 고기를 뒤집다 멈칫했다.

"그래서 다시 원양 어선을 탔다고요? 아니, 그렇게 힘들었다면서요?"

아버지가 집게로 고기를 집어 연우 앞에다 놓았다.

"그냥은 안 탔지. 해수사 시험을 봤어."

"시험요? 필기?"

공부랑은 담을 쌓고 책이라면 진저리 치는 아버지였다. 그런데 시험 칠 생각을 했다니. 아니, 그보다 시험에 붙은 게 더 놀라웠다. 연우 표정을 본 아버지가 픽 웃었다.

"왜? 이 아비가 책 읽기를 싫어해서 그렇지 머리는 좋은 놈이란 소릴 얼마나 많이 들은 줄 아냐? 연우 너도 니 엄마 닮아 책상물림이라 그렇지, 머리가 팽팽 돌아서 무슨 일이든 못 할까."

"근데 왜 그렇게 돈을 벌려고 했어요?"

"니 엄마랑 잘 먹고 잘살려고."

연우는 엄마 얼굴도 기억나지 않지만, 엄마 이야기를 듣는 건 좋았다. 연우가 행방불명되기 전 바람직한 것과는 거리가 먼 아버지일 때도 엄마 이야기를 할 때는 목소리나 표정이 사람이 바뀐 듯 달라졌다. 마지막 삼겹살 한 조각이 불판에서 사라질 때까지, 아버지는 엄마랑 낙산사에 갔던 일을 늘어놓았다.

삼겹살집에서 나와 아버지는 어촌계 공판장으로 가고 연우는 버스를 탔다. 버스가 동진아파트 앞을 지나자 도서관이 보였다. 연우는 자기도 모르게 모의고사 일정을 떠올리며 진도를 체크하다 코끝을 긁적였다. 묘하게 죄책감이 들었다. 누구를 향한 죄책감인지 어디서부터 시작된 죄책감인지 알 수 없었다.

윤찬이가 메시지를 몇 개나 보냈다. 처음에는 무슨 일 있느냐며 물었다가 연우가 답이 없자 욕설과 회유와 협박이 차례로 이어졌다. 도른 자냐, 정신 차리고 도서관 나와라, 안 나오면 빌려준 라면값은 받을 생각 마라.

연우는 다음 정류장에서 내려 도서관으로 걸어갔다.

"라면값 받으러 왔냐?"

건들건들 도서관 문밖으로 걸어 나온 윤찬이가 연우를 위아래로 보았다.

"교복이야? 만날 똑같은 옷만 입어?"

"보자마자 시비? 넌 도서관 오는 놈이 데이트 룩이냐?"

윤찬이는 베이지색 면바지에 주름 하나 없는 흰 셔츠를 입고 있었다. 되레 타박을 놓았지만 찔리긴 했다. 돌아온 직후

경찰이 옷을 싹 가져갔을 때 아버지가 속초의 마트에서 세 장 묶음 티셔츠와 원 플러스 원 반바지를 사 왔다. 지금까지 그걸 돌려 입고 있었다.

"난 찐따 같은 옷 입고는 될 공부도 안 돼."

윤찬이가 벤치에 연우를 끌어다 앉히더니 가방에서 주섬주섬 수학 문제집과 필통을 꺼냈다.

"야, 근데 이 문제 어떻게 푸는 거냐? 답지도 보고 인강도 들었는데 모르겠다."

"니 공부 머리는 패션이 문제가 아닌 것 같은데."

연우는 문제를 한 줄씩 풀어 나가며 윤찬이가 놓친 부분을 찾았다.

"와, 시발, 정답. 그 머리 안 쓸 거면 나 줘. 내가 너 같으면 무조건 공부했다."

그다지 어려운 문제를 푼 것도 아닌데 윤찬이는 호들갑을 떨었다. 그러고는 그 자리에서 연우가 알려 준 그대로 다시 한번 문제를 풀었다. 정말 열심이었다.

"재밌냐?"

"총 맞았어? 대학 가려고 푸는 거지."

격렬한 거부 반응이 돌아왔다. 흔한 반응이었다. 연우한테 수학은 꽤 재미있는 과목이었지만, 딴 애들은 보통 수학이라면 진저리 쳤다.

"그래서, 어디 갈 건데?"

민감한 질문이라 지금까지 한 번도 물어본 적 없었다.

"S대 탐정학과."

연우는 코웃음을 쳤다.

"뻥치지 마시고요. 그냥 말해 주기 싫다고 하지, 그런 과가 어딨어?"

"이걸 안 믿네? 이런 걸로 뻥치는 사람 아니다."

"S대에 탐정학과가 어딨냐?"

"S대가 하나냐?"

"진짜?"

"리얼."

윤찬이 표정은 진지했다. 연우 표정도 덩달아 진지해졌다.

"꿈이 탐정이야?"

"아니. 있어 보이잖아. 내 실력으로 갈 수 있는 과를 쭈욱 이러헣게 놓고 봤는데, 여기가 젤 간지 났어."

윤찬이는 여전히 진지한 표정이었다. 연우는 기가 막혔다.

"장래를 그런 식으로 결정해도 되는 거야?"

윤찬이가 뭐가 문제냐는 듯 연우를 보았다.

"어, 뭘 해야 할지도 모르는 놈이 이래라저래라 하네? 나는 많이 고민하고 결정했으니까, 니 장래나 신경 쓰세요."

암튼, 너무 오래 방황 말고, 도서관 나와라. 대학 안 가면 미국 비자도 안 나온다더라. 윤찬이는 그렇게 말을 맺고는 도서관으로 들어갔다.

젤리 곰이 이죽댔다.

"미국 비자랑 대학 가는 거랑 뭔 상관?"

"간지 나니까?"

우스갯소리로 했지만 말을 한 연우도 듣고 있던 젤리 곰도 웃지 않았다. 도서관은 시야에서 사라졌지만 죄책감은 가시지 않았다.

팔목을 이리저리 돌리자, 빨갛게 변한 젤리 곰이 대롱거렸다. 오늘 젤리 곰은 내내 빨갛게 불이 들어와 있었다. 더위 때문일까, 불안 때문일까?

연우는 손끝으로 젤리 곰을 문질렀다. 플라스틱과 손가락이 규칙적으로 마찰하며 뽀득댔다. 장치 때문에 불안한 게 아니야. 그냥 내가 불안한 거야. 젤리 곰 말대로라면, 연우는 항상성 시스템 없이는 몇 분도 견디지 못하는 연약하기 짝이 없는 상태였다. 젤리 곰을 잃어버리기라도 하면 정상적으로 살아갈 수 있을까?

"나, 이대로 괜찮나?"

이런 상태로 해고니를 사귀어도 되는 걸까? 해고니와 보내는 시간은 막연하게 상상하던 것과는 달랐다. 함께하는 도시에서의 대학 생활, 방학이면 집에 돌아와 해고니는 바다로 나가고 자신은 전공 책을 펼친 채 해고니를 지켜보고. 머릿속으로 그리던 그런 그림과 현실은 비슷하지도 않았다.

현실에는 나고 자란 바닷가 마을에서 지내는 생활, 학교를 그만두고 공부를 놓아 버린 자신, 그리고 수능을 볼까 묻는 해고니가 있었다. 연우는 불현듯 해고니가 바다에 들어가는 모습을 보지 못했다는 걸 깨달았다.

"돌아온 뒤로 해고니가 파도 타는 거 한 번도 못 봤어."

"*진짜?*"

"이상하지?"

"*응. 진짜 이상해.*"

6. 평범한 고등학생의 애매한 슈퍼 파워

문제가 있는 건 연우였다. 해고니는 완벽했다. 연우는 아직도 해고니랑 사귀게 된 게 꿈만 같았다. 해고니 곁에 있는 것만으로 다른 생각 따위 할 수 없을 만큼 좋았다. 그래서 아무 생각 없었다. 자신이 지난 1년 동안의 해고니에 관해 아무것도 알지 못한다는 사실조차 떠올리지 못했다. 달라진 모습이 보일 때마다 이상하다고만 생각했다.

해고니가 1년 전 해고니가 아니라는 사실을 이제야 깨닫다니.

마음이 술렁였다. 걱정이나 미안함 때문이 아니었다. 뻔뻔하게도 연우의 마음은 해고니를 떠올리는 것만으로도 보고 싶다고 안달이었다.

해고니한테 들렀다 갈까? 가라앉은 기분이 갑자기 놀이공

원에라도 가는 것처럼 들떴다. 해고니한테 간다는 생각만으로 기분이 휙휙 바뀌는 자신이 어이없었다.

지금 가면 퇴근 시간을 맞출 수 있을 것 같았다. 아침에 감기 걸렸다는 핑계를 댔는데, 이렇게 멀쩡한 모습으로 가면 뭐라고 하지 않을까? 괜찮아졌다고 하지 뭐. 연우는 화진포 해수욕장으로 가는 버스를 탔다.

해고니는 연락도 없이 찾아온 연우를 보고는 무방비하게 웃으며 다가오다 문득 멈춰 서서 미간을 찌푸렸다.

"아프다더니."

"좀 잤더니 나았어."

장치 덕분인지 거짓말이 태연하게 나왔다. 무서우면 무섭지 않게, 불안하면 불안하지 않게. 해고니가 손바닥으로 연우 이마를 짚었다.

"열은 없네."

"응. 없어."

연우 얼굴을 이리저리 살피던 해고니가 곤란한 듯 고개를 기울였다.

"아, 어쩌냐. 망고 빌려줬는데."

"누구한테?"

끔찍하게 아끼는 스쿠터를 빌려주다니 놀랄 일이었다.

"엄마. 차가 고장 나서. 걸어가야 하는데, 괜찮아?"

"저기 적혀 있네. 초도 해변 입구 3백 미터. 3백 미터 가지고 뭘."

"너 아프다니까 그러지."

"다 나았다니까."

진호 형이 롱 보드를 옆구리에 끼고 나가며 투덜댔다.

"길 막지 말고 얼른 가라. 눈꼴시다."

연우는 해고니 손을 잡고 나란히 초도항 고갯길을 걸어갔다. 채 몇 걸음 가기도 전에 해고니가 키득거렸다.

"인간 에어컨 우연우, 맞네. 너 진짜 시원해."

항상성 시스템이 작동 중이었다. 연우는 어젯밤 시스템 없이 한 시간도 버티지 못했다. 불쑥 말이 튀어나왔다.

"있잖아, 어떤 신기한 장치가 있는데."

"어떤 장치?"

"춥지도 덥지도 않게 해 주고, 위험한 일도 일어나지 않게 해 주는 장치야. 물에 빠지면 물이 밀려나고, 돌풍이 불어도 비껴가지. 그 장치만 갖고 있으면 크게 슬플 일도, 크게 괴로울 일도 없어. 있다 해도 그저 견딜 만한 정도인 거야. 몸도 마음도……."

말이 끝나기도 전에 감탄이 터져 나왔다.

"와! 부럽다."

연우는 해고니 반응에 어리둥절했다.

"부러워?"

"그럼 부럽지 안 부러워? 그런 게 있으면 나도 하나 갖고 싶다. 슈퍼 히어로나 다름없잖아? 게다가 보통 슈퍼 히어로는 만날 얻어맞고, 다치고, 구해야 할 사람을 못 구해서 괴로워하잖아. 근데 그 장치만 있으면 슈퍼 파워가 있어도 다칠 일도, 괴로울 일도 없다는 거잖아. 하고 싶은 거 다 하면서 살 수 있겠다!"

"그래?"

"그럼. 반팔 입고 북극 가고, 태풍 부는데 서핑하고."

그렇게 생각할 수 있다니. 자신에게 일어난 일이 피터 파커가 거미한테 물려 스파이더맨이 된 사연과 흡사하다는 사실이 벼락처럼 다가왔다. 아귀가 딱 맞았다. 평범한 고등학생이 슈퍼 파워를 얻어 슈퍼 히어로가 되는. 머릿속이 환해지는 느낌이었다.

연우는 순간 충동에 사로잡혔다. 어차피 믿지도 않을 텐데, 말해 버릴까? 내가 그 어떤 신기한 장치를 가진 사람이라고, 네 남자 친구가 실은 스파이더맨이라고. 그러나 그 말을 떠올리자마자 바로 토할 것 같은 심정이 되었고, 비밀을 털어놓을 생각은 씻은 듯 사라졌다.

생각해 보면 그 '능력'이라는 것도 애매했다. 위험이 닥치면 육면체 모양 안전지대가 보호해 준다니, 슈퍼 히어로? 와

닿지 않았다. 방탄유리가 설치된 박물관 유물이라면 모를까. 평범한 고등학생의 애매한 슈퍼 파워였다.

그래도 누군가를 구하려면 구할 수도 있겠다 싶었다. 이를테면 물에 빠진 사람을 구한다든지. 바닷물이 큐브 모양으로 사라지면 너도나도 영상을 찍어 댈 테지만. 그럼 유튜브 인기 동영상으로 오르내리다 악플 세례를 받고 밈이 되어 이 폰 저 폰을 떠돌다가 어느 순간 비밀 정부 기관에 끌려가서 인체 실험을 당하고는 세계 최강의 빌런이 되어 인피니티 스톤을 모아 세계를 멸망시켜 버릴지도 모르지만.

그때 해고니가 연우를 끌어당기며 팔짱을 꼈다. 엔진 소리가 들리더니 파란 트럭 한 대가 연우 곁을 지나갔다. 차 안에서 노랫소리가 흘러나왔다. 해고니가 연우 팔에 이마를 댔다. 그러자 해고니 어깨가 딱 좋은 자리에 놓였다. 그래서 연우는 그러지 않을 수 없었다. 팔을 뻗어 해고니 어깨에 둘렀다. 해고니가 웃으며 연우 팔에 뺨을 비비적댔다.

"아, 시원해. 우연우 진짜 최고다."

더우면 덥지 않게, 추우면 춥지 않게.

연우 팔에 힘이 들어갔다. 해고니는 어떤 해고니라도 완벽했다. 1년 전이건 오늘이건 해고니는 해고니였다. 해고니 정수리가 눈앞에 있었다. 도르르 말린 가마가 걸음에 맞추어 오르내렸다. 해고니 목소리가 들렸지만, 의미가 되어 다가오지는 않았다. 항상성 시스템이 작동 중이었다. 그런데 가슴이 뛰었다. 온 세계가 알아차릴 만큼, 해고니까지 알아차릴 만큼 크게 뛰었다.

날씨가 미친 듯이 맑았다. 뭉개진 오디색에서 초코를 뺀 민트초코색으로 그러데이션된 바다는 늘 보던 바다지만 놀랄 만큼 아름다웠다. 그리고 그 무엇보다, 해고니랑 이렇게 붙어 있는 건 처음이었다. 해고니 관심을 언제까지나 붙들어 두고 싶었다. 꽁지깃이 있다면 한껏 부풀렸을 거고, 지느러미가 있다면 해고니 둘레를 끝없이 빙빙 돌았을 거다.

"연우 너 여기 남아서 뭐 할 거야?"

해고니가 말하면 세상이 해고니 목소리로 가득 찼다. 연우는 자백 마법에라도 걸린 것처럼 여과 없이 떠들어 댔다. 민박도 좋고 문어 낚시도 좋고, 공무원 시험을 쳐서 정규직으로 군청에서 일하는 것도 괜찮을 것 같다고. 말하면서도 어떻게 이렇게 변덕스러울 수 있을까 싶었다. 아버지가 말할 땐 솔깃했다가, 어젯밤에는 어느 하나 와닿는 게 없다고 머리를 쥐어뜯다가, 오늘은 또 세상에 둘도 없는 계획이라도 되는 듯 떠벌렸다.

해고니는 연우가 하는 소리를 가만히 듣고 있었다.

"그래?"

감상은 한마디였다. 계획이 마음에 별로 안 드는 걸까? 그때 연우 머릿속에 해고니가 좋아할 만한 일이 떠올랐다.

"셰이퍼는 어때? 네 서프보드는 내가 다 만드는 거야."

셰이퍼는 서프보드를 만드는 사람이다. 연우는 서프 나인을 드나들며 그런 직업이 있는지 처음 알았다.

"서퍼와 셰이퍼, 찰떡이잖아."

해고니가 소리 내 웃으며 팔짱을 풀었다.

"서핑의 ㅅ도 모르면서 웬 셰이퍼. 서핑 달인이 서프보드도 만드는 거지."

웃음소리가 멎었다.

"근데 너 그러다 죽으면 어쩌려고."

착 깔린 음울한 목소리였다.

"그렇게 되는대로 살다가 어느 날 번개라도 맞으면 억울해서 어쩌려고."

연우가 키득거렸다.

"야, 왜 그러냐 무섭게."

장난이라고 생각해서 장난으로 받았다.

"무서우면 그러면 안 돼."

하지만 돌아온 대답에 웃음기라고는 없었다. 해고니가 바닥에 떨어진 해당화 열매를 주웠다. 매끈하고 빨간, 흠 하나 없는 열매였다.

"'굶지 마' 봐. 대책 없이 봄여름을 보내면 순식간에 가을 되고 겨울 되고. 그러다 얼어 죽기 딱 좋지."

연우는 해고니가 무슨 말을 하는지 알 수 없었다.

"'굶지 마'가 왜 나와?"

해고니가 연우를 보았다. 얼굴에 표정이 없었다.

"여기 남는다는 거, 나 때문이지?"

해고니는 대답을 기다리지 않고 말을 이었다.

"그건 싫어."

둘 사이를 가득 채우던 부드럽게 빛나는 공기는 어디로 갔을까? 연우는 영문을 알 수 없었다.

"이해곤, 말 좀 알아듣게 해."

"너 대책 없다고. 너는 두 번 세 번 살아? 딱 한 번밖에 못 살잖아. '굶지 마' 할 때 저장 포인트 없어서 아이템 하나 먹을 때도 고민고민하잖아. 그래도 죽으면 다시 처음부터 할 수 있지. 근데 사는 건 그게 아니잖아. 어느 날 덜컥 죽어 버리면 그냥 그걸로 끝인데, 남한테 휩쓸려 되는대로 장래를 결정해도 되는 거야?"

연우는 할 말이 많았다. 그냥 남이 아니라 해고니 너라고, 기계공학과도 담임이 추천해 준 과 중에서 고른 거라고, 게임도 어차피 남들이 써 놓은 공략 보고 하는 거라고, 남한테 휩쓸리는 게 그렇게 나쁜 거냐고, 원하는 게 없으면 그냥 남이 많이 하는 걸 하는 게 최선 아니냐고. 하지만 그냥 윤찬이를 걸고넘어지는 걸로 끝냈다.

"왜 안 돼? 그냥 있어 보인다고 탐정학과 가겠다는 애도 있어."

"어쨌든 자기가 좋아서 가는 거잖아."

"나도 내가 좋아서 남으려는 거야."

"아니, 내가 좋아하니까 남으려는 거지."

해고니가 가쁘게 숨을 뱉었다. 그리고 조금 가라앉은 목소리로 말했다.

"너, 기계공학과 가고 싶어 했잖아."

연우는 당황했다.

"나더러 어쩌라는 거야?"

"몰라. 그래도 나 때문에 여기 남는 건 아니야."

해고니가 신경질적으로 머리를 풀어 헤쳤다.

"니 미래가 내 책임이 되는 건 싫어."

고개를 흔들어 머리를 정리하고는 머리카락 한 올 빠져나오지 않게 꼼꼼히 그러모아 다시 묶었다. 해고니가 입을 앙다물었다.

"그건 니 책임이잖아."

맞는 말이다. 그런데 미래라는 게 그렇게까지 무겁게 생각해야 하는 거였나? 연우는 미래를 심각하게 고민해 본 적 없었다. 연우한테는 딱히 적성이랄 게 없었다. 특별히 싫은 과목도, 빠져들 만큼 좋은 과목도 없었다. 뭐든 하고 있으면 시간은 잘 갔다. 잘하는 과목도, 못하는 과목도 없었다. 공부하면 성적이 나오고, 안 하면 덜 나왔다. 연우의 미래는 뭐랄까, 가성비였다. 가격 대비 성능. 최소의 노력으로 최대의 결과를 얻을 수 있는 일. 그런 일에 책임까지 따져 물을 게 있을까? 연우는 침묵했다. 지나가는 생각들 가운데 무엇을 입 밖으로 꺼내야 할지 알 수 없었다.

그때 한 걸음 앞서 바다 쪽으로 붙어 가던 해고니가 초도항 쪽으로 방향을 틀었다. 연우는 영문 모르고 해고니를 따라갔다. 해고니 걸음이 점점 빨라졌다. 방파제 방향이었다. 방파제 초입에서 해고니가 헐떡이며 멈춰 섰다.

"저기요!"

빨간 우현 표지를 향해 걸어가던 연인처럼 보이는 남녀가 해고니를 돌아보았다.

"거기 들어가시면 안 돼요!"

머뭇거리는 두 사람에게 해고니가 다시 소리쳤다.

"여기 울타리 있잖아요!"

연우는 거기 울타리가 있는지 그때 알았다. 허벅지 높이의 노란색 철제 울타리가 방파제로 들어서는 길목을 막고 있었다. 두 사람은 해고니를 힐긋 보더니 빨간 우현 표지를 향해 걸어갔다. 그러고는 보란 듯이 우현 표지 앞에 서서 한참 사진을 찍고는 유유히 울타리를 건너왔다.

두 사람이 그대로 지나간 뒤에도 해고니는 그 자리에 서서 두 사람의 뒷모습이 멀어지는 것을 지켜보았다.

연우가 해고니 팔을 잡았다.

"가자."

해고니는 연우가 이끄는 대로 따라왔다.

"내가 잘못했어?"

"뭘?"

연우가 되묻자 목소리가 한층 높아졌다.

"들어가지 말라는 데 들어가서 나오라고 한 거잖아. 위험할 수도 있으니까. 다치면 어쩌려고. 아무 일 없이도 다치는데, 왜 굳이 위험한 데를 가!"

대진항도 거진항도 우현 표지, 좌현 표지까지 아무나 그냥 들어갈 수 있다. 연우가 뭐가 위험하냐고 물으려는데 해고니가 연우 손을 잡았다.

"우연우, 나 좀 이상해?"

해고니는 예전의 해고니가 아니었다.

"응."

둘 사이로 파도 소리가 쓸려 왔다 쓸려 갔다.

해고니가 상처 입은 표정을 지었다.

연우는 장사항 정류장에서 내렸다. 9시 45분. 약속 장소까지 거의 1킬로 가까이 걸어야 해서 서둘렀다.

하늘에는 구름이 몇 덩이 떠 있고, 바다 표면은 잔잔하고 매끄러웠다. 바람이 없는 걸 보니 아침부터 찌는 모양이었다. 아니나 다를까 젤리 곰은 걷기 시작한 지 5분도 되지 않아 빨갛게 빛났다. 하얀 캠핑카가 도로를 지나갔다. 도로 건너편에는 공사 중인 건물이 여러 개 보였다. 20층이 넘어 보이는 건물도 있었다.

"왜 이런 데로 부른 거야?"

"내가 아냐? 나루한테 물어보지 그랬어?"

만나자고 한 건 연우였다. 바쁘다기에 너 시간 될 때, 너 있는 곳으로 가겠다고 하니, 이 시간 이곳에서 만나자고 했다. 이 시간에 바닷가에서 뭘 하고 있을지 궁금했지만 연우는 그냥 알았다고 했다. 전화로 주거니 받거니 길게 이야기하는 게 내키지 않았다. 나루랑은 어쩐지 어색했다. 아니, 어색할 수밖에 없나?

드라이브스루 카페를 지나 공터를 건너자, 2층으로 올린 컨테이너 건물이 보였다. 한성냉동공사, 낡은 간판이 걸린 건물 앞에 밝은 노란색으로 칠한 푸드 트럭이 있었다.

가까이 다가가자, 머릿수건을 하고 트럭 앞에 앉아 있는 나루가 보였다. 연우가 다가가자 나루가 질색하며 손을 흔들었다.

"오지 마, 거기 있어."

나루는 앞치마에 손을 닦으며 일어났다.

"재료 준비 중이라, 먼지 날리면 안 돼."

두 팔로도 다 감싸지 못할 것 같은 거대한 바구니에 반짝이는 하얀 양파가 가득 들어 있었다.

"저거 몇 개냐?"

"몰라. 50개? 60개?"

나루가 태연하게 대답했다.

"저거 어쩔 건데?"

"뭘 어떻게 해, 썰어야지."

연우의 놀란 표정을 보고 나루가 킬킬거렸다.

"내가 안 썰고, 기계가."

나루는 연우를 푸드 트럭 뒤쪽으로 데리고 가더니, 플라스틱 의자 두 개를 끌고 왔다. 연우가 의자에 앉으며 물었다.

"학교는 어쩌고?"

"아, 자퇴생은 방학 없지? 방학하고 집에 내려온 지 얼마 안 돼서 정신없어."

연우는 푸드 트럭을 올려다보았다. 인어가 그려진 화려한 로고가 보였다. 머메이드 랍스터 샌드위치. 로고 아래로 하늘색 차양이 달려 있고, 벽에는 샌드위치 메뉴판이 걸려 있었다.

"본격적이네."

"그럼. 이게 다 얼만지 알아? 돌 때부터 든 적금도 깼다."

"혼자 해?"

"선배 형이랑. 음료수 담당이라 그거 싣고 오느라 좀 늦어. 근데 뭔 일로 니가 여기까지 찾아왔냐?"

연우는 다짜고짜 말을 꺼내기가 어색해 뜸을 들였다.

"아침은 먹었어? 편의점에서 뭐 좀 사 올까? 김밥이든 빵이든."

나루가 허리에 두 손을 척 올렸다.

"지금 나 꼽 주냐? 등대 해수욕장 최고 맛집을 코앞에 두고, 편의점 김밥을 찾아?"

그러고는 트럭 안으로 들어가더니, 샌드위치 두 개를 뚝딱 만들어 왔다.

"잡숴 봐."

연우는 나루가 만든 샌드위치를 한 입 먹고 깜짝 놀랐다. 정말로 맛있었다.

"랍스터 테일이 통째로 들었는데 맛있지 그럼. 편의점 김밥이나 찾는 새끼한텐 과분하지. 그거 만 7천 원짜리다. 너도 마실래?"

나루는 자신이 마시던 캔을 연우 앞에 내려놓았다. 맥주 캔이었다.

"아침부터 무슨 술이냐?"

"안 보여? 무알코올. 돈 버느라 맥주 마실 틈이 없어서 이렇게라도 기분 낸다."

나루는 짧게 한탄하고는 의자를 당겨 바싹 다가와 앉았다. 연우는 잠시 바다를 보는 척하다 말을 꺼냈다.

"궁금한 게 하나 있어서."

뭐가 궁금한지 말하기도 전에 나루가 시원스레 대꾸했다.

"좋아! 물어봐. 대신 너 하나, 나 하나. 바쁘니까 하나씩만 묻는 거다. 오케이? 그럼, 나 먼저 한다. 너 해고니한테 뭐라고 하면서 고백했냐?"

연우는 난데없이 화살이 자기 쪽으로 향하자, 당황한 나머지 말을 고르지도 않고 기억나는 그대로 답했다.

"좋아한다고…….'

"그게 다야?"

"여기 안 떠날 테니까 사귀자고 했어."

나루가 시무룩하게 중얼거렸다.

"해고니, 장거리 연애 싫어하는구나. 그건 몰랐네. 근데 우연우, 너 진짜 안 떠날 거야?"

"응."

"여기서 뭐 해서 먹고살 건데?"

"아버지가, 민박이든, 문어 낚싯배든, 군청 공무원이든 뭐든 하라기에 고민 중이야."

나루가 순수하게 감탄했다.

"와! 존나 안 어울려!"

"뭐? 왜?"

"눈치는 밥 말아먹은 새끼가 사람 상대하는 일을 한다니까 그러지."

"내가 눈치가 없다고?"

"그럼, 너 우리 반에서 눈새로 유명했어. 반장하고 너하고. 전혀 몰랐지? 그러니까 눈새인 거야."

나루의 평가에 동의하지 않았지만 그러거나 말거나였다.

"그럼 이제 내 차례다? 해고니 파도 안 타는 거 같던데, 왜 그런지 알아?"

나루 눈동자가 흔들렸다.

"눈새 새끼, 하필 물어봐도 그런 걸 물어보네."

당황한 표정으로 머리를 벅벅 긁더니 한숨을 쉬었다.

"사고가 있었어. 그 이상은 말 못 하겠다. 해고니한테 직접 물어봐. 아님 니가 찾아보든지."

"야, 난 대답했잖아!"

"사람들이 너 실종된 이야기 겁나 떠벌리고 다니던데, 우리도 그러자고?"

연우는 더 다그치지 못하고 물러났다.

"사고가 언제 났는데."

"몰라. 수시 접수할 때쯤이었나?"

연우는 남은 샌드위치를 먹어 치우고 무알코올 맥주를 마셨다. 캔에 맺혀 있던 물방울이 손등을 타고 흘러내렸다.

"맛 구려."

"뭐? 이 새끼가······."

"맥주 말이야."

돌아가는 버스 안에서 연우는 『강원신문』을 검색했다. '사건 사고'라고 치자 태풍 피해, 도로 침수, 선박 충돌 전복 사고, 급발진, 산불, 실종 수색 등의 글자들이 줄줄이 떴다. 고성은 넓어도 시골이었다. 사람이 많이 사는 동네도 아닌데 사건 사고가 이렇게 다양하고 많을 줄은 몰랐다.

기사를 하나씩 읽어 내려가며 해고니와 관계있을 법한 사고를 찾았지만, 사고 내용만으로는 알 수가 없었다. 산불인지 교통사고인지보다 더 중요한 건 누구에게 일어난 일인지였다. 연우는 무심코 실종 기사를 클릭했다가 자기 얼굴이 대문짝만하게 나와 기겁했다. 학생증 사진이라 보고 있기도 괴로웠다. 빠르게 기사를 읽어 내려갔다. 내용은 없었다. 학교에서 사라졌으며 아직 돌아오지 않고 있다. 이 학생을 보면 제보 바란다. 댓글 1, 좋아요 3. 댓글을 펼치자, 웃는 아이콘과 함께 '가출 아님?'이라고 적혀 있었다.

연우는 기사를 다음 목록으로 넘겼다. 개가 바다에 빠지고,

항해 중인 배에서 불이 나고, 정박한 배 사이로 사람이 빠지고, 연구소 외벽이 무너졌다. 마지막 기사는 마음에 조금 걸렸다. 설마, 해고니 어머니가 일하는 연구소는 아니겠지?

그리고 다음 목록에 그 기사가 있었다. 서핑. 연우 눈에 가장 먼저 들어온 단어였다. 고성서 서핑하던 20대 번개 맞아 사망. 누구라도 눌러 볼 수밖에 없는 자극적인 제목이었다. 기사 내용은 제목에 나오는 정보를 풀어 쓴 것에 불과했지만, 연우는 직감했다. 이거 아닐까?

파도라면 죽고 못 사는 해고니가 바다에 들어가지 못하는 이유. 해고니는 그때 그 자리에 있었을까? 파도를 잡으려고 해변에 서 있었을까? 아니면 바다에 들어가 파도를 타고 있었을까? 파도 위에 선 해고니 뒤로 번개가 떨어지는 장면을 떠올리자, 아찔했다.

젤리 곰을 쥔 손에 힘이 들어갔다. 큐브가 있었다면, 어땠을까? 물이 사라진 것처럼 번개도 사라지지 않았을까? 사고를 피할 수 있었을지도 모른다. 연우는 해고니에게 당장이라도 젤리 곰을 쥐여 주고 싶었다. 이게 있으면 안전하니까 파도를 타라고.

하지만 연우는 화진포 해수욕장에서 내리지 못했다. 해고니는 연우를 되는대로 살면서 자신의 미래를 다른 사람에게 떠넘기는 애라고 생각하고 있었다. 그런 애인 채 해고니를 만나고 싶지는 않았다. 버스가 정류장을 지나쳤다.

연우는 길가에 서서 자기 집을 올려다보았다. 아버지 초등학생 때 지었다는 바닷가 주택은 외벽에 붙인 타일이 왕창 떨어져 나가고, 여기저기 금이 가 있었다.

"여기에 2층을 올리고 민박 한다고?"

"그러다 집 무너지는 거 아냐?"

"내 말이."

현관문을 열자, 코 고는 소리가 났다. 거실에선 에어컨이 돌아가고 있고, 아버지 방문은 열려 있었다. 아버지는 12시면 집에 왔지만, 모자란 잠을 채우느라 한잠 자고 일어나면 서너 시였다.

"문어 낚싯배도 그닥이야. 퇴근 빨리하는 건 좋아."

"그게 젤 좋은 점이지."

그런데 그것 말고는 딱히 좋은 점이 없어 보인다는 게 문제였다. 잡힐지 안 잡힐지 모르는 문어를 찾아, 추울 때 추운 데서, 더울 때 더운 데서 일해야 했다.

연우는 자기 방으로 들어가 침대에 걸터앉았다.

"군청 공무원은……."

젤리 곰과 연우가 동시에 중얼거렸다.

"노잼일 거야."

"재미없을 거 같아."

해고니 말이 떠올랐다.

'‛굶지 마' 봐. 대책 없이 봄여름 보내면 순식간에 가을 되고 겨울 되고. 그러다 얼어 죽기 딱 좋지.'

인정하기 싫지만 맞는 말이었다. 하지만 대책을 세워도 죽기는 마찬가지였다. 죽지 않으려고 별별 수를 다 써도, 죽고 만다. 그래서 해고니도 '굶지 마'를 그만둔 거고.

"해고니 원래 개쿨한데. 변한 것 같아."

"맞아. 남이야 뭘 하든 신경 안 썼지."

"하긴 나도 변했으니까."

젤리 곰은 이 말이 마음에 안 드는 모양이었다.

"내가 변했다고?"

"해고니 말 못 들었어? 슈퍼 파워가 생겼잖아."

젤리 곰이 삐딱하게 되물었다.

"슈퍼 파워? 항상성 시스템을 슈퍼 파워라고 퉁치고 넘어간다고?"

"말 그대로 슈퍼한 파워잖아. 엄청난 능력."

"장치 없이는 한 시간도 못 버티면서?"

연우가 폰 화면을 넘겼다. 가슴에 동그란 장치가 달린 빨간 금속 슈트를 입은 남자 사진이 떴다.

"아이언맨도 아크 원자로 없이 몇 분도 못 버틴다."

젤리 곰이 짜증을 냈다.

"그건 영화고 넌 진짜잖아! 어떻게 그렇게 태평하냐?"

"슈퍼 파워 덕분인가? 그런 너는 뭐가 그렇게 못마땅한데? 자 봐, 해고니랑 사귀게 됐지, 슈퍼 파워 생겼지, 수능은 안 치지."

"난 슈퍼 파워가 없어서 그런가 보지."

연우가 한숨을 쉬었다.

"나 안 태평해. 실은 굶어 죽을까 봐 걱정이야. 해고니도 걱정이고."

"나도."

젤리 곰이 말했다.

"방금 생각났는데, 나 기계공학과 선택한 거, 이유가 있긴 있었어."

"취업 때문이잖아. 취업 잘된대서."

그때 연우 머릿속에 무언가가 떠올랐다.

"비버……."

우주 해적단의 기술자, 총이든 자동차든 척척 만들어 내는 개조의 달인. 애니메이션 속 그레이트 비버(진짜 비버였다)처럼 되는 게 어릴 적 꿈이었다.

"맞다! 그레이트 비버도 있었지! 근데 그거 말고, 기억 안 나? 연구원이 되어서 매일 야근할 거라고."

맞다. 웃기는 소리였지만 진심이었다. 불 꺼진 집에 들어가는 게 너무 싫었으니까.

마음이 복잡했다. 연우는 머릿속을 털어 내고 싶어 노트북 전원을 켰다. 친구들이 틈만 나면 피시방에 몰려가서 하던 온라인 게임을 내려받아 플레이를 시작했다. 하지만 채 30분을 채우지도 못하고 게임을 껐다.

"이런 걸 왜 하냐……."

"딴거 깔자."

수능 끝나면 당장 해 보겠다고 벼르던 게임을 차례로 받았지만 다 뭔가 밍밍했다. 화면 안에서 머리가 반밖에 남지 않은 좀비가 팔을 휘두르며 다가왔다. 연우는 덤덤한 표정으로 게임을 종료했다. 항상성 시스템 때문인지 긴장감이 하나도 없었다.

"원래 이랬나?"

그렇게 돌아오길 바랐는데.

"뭐가?"

"답답해. 갇혀 있는 기분이야."

"왜 답답해? 하고 싶은 거 다 하고 있는데?"

"그러게."

바라 마지않던 일상인데 왜 이런 기분이 들지? 해고니랑 잘 안 풀려서?

노트북을 덮고 기지개를 켰다. 머리가 복잡할 때 쓰는 즉효

약이 있긴 했다. 책꽂이를 훑었다. 한구석에 가운데가 구겨져 배가 부푼 수학 문제집이 아무렇게나 세워져 있었다. 연우는 문제집을 꺼내 손 닿는 대로 펼쳤다.

수학은 단순하고 명확하다. 한 줄을 풀면 다음 줄로 넘어간다. 그렇게 하다 보면 답이 나온다. 보기 중에 정답이 없는 경우는 없다.

"아…….".

문득 기막힌 생각이 떠올랐다. 보기 중에 답이 없으면, 보기를 추가하면 되지 않을까? 민박집과 문어 낚싯배와 군청 공무원이 다 틀린 답이라면, 맞는 답을 찾아 쓰면 된다. 다시 노트북을 열었다. 그리고 한참 검색한 끝에 이거다 싶은 답을 찾아냈다.

연우는 휴대폰만 덜렁 들고 밖으로 나갔다.

"어디 가냐?"

아버지가 자다 깬 목소리로 물었다.

"해고니 집에요."

그길로 달려가 해고니 방 창문을 두드렸다. 창밖으로 고개를 내민 해고니에게 다짜고짜 물었다.

"내일 영화 보러 갈래?"

해고니 동작이 정지 화면처럼 멈추었다. 연우 머릿속이 복작거렸다. 거절하면 어떡하지? 아예 헤어지자고 하면? 별별 생각이 다 떠올랐지만 항상성 시스템 덕분인지 그럭저럭 침착할 수 있었다.

"좋아. 달홀 영화관에서 「마녀」 한다더라."

해고니의 대답에 연우는 안도했다.

"달홀 영화관? 거기가 어딘데?"

처음 듣는 극장이었다. 달홀은 고구려 때 고성을 부르던 이름이다. 소리가 예뻐서 그런지 읍내에 가면 달홀이라고 적힌 간판이 종종 보였다.

"작년 말에 생겼어. 간성에 있는 문화 센터 근처. 관람료가 6천 원밖에 안 해."

간성에 극장이 생기다니. 조나루가 대학생이라는 말을 들었을 때만큼이나 어색했다. 고성에서 가장 가까운 극장은 속초에 있는 롯데시네마랑 메가박스였는데.

"그래?"

해고니랑은 5년 가까이 알고 지냈어도 둘만 어디 가 본 적은 없었다. 둘이서 한 일이래야 기껏해야 편의점에서 커피나 컵라면을 먹은 게 전부였다. 그래도 첫 데이트인데 속초가 좋지 않을까? 파스타 같은 것도 먹고.

고민에 빠진 연우에게 해고니가 말했다.

"거기 괜찮아. 평일엔 사람도 거의 없고."

연우 머릿속에 어둡고 텅 빈 극장 옆자리에 붙어 앉은 해고니랑 자기 모습이 떠올랐다. 마음이 손바닥 뒤집히듯 뒤집혔다.

"몇 시에 볼까?"

"11시까지 데리러 갈게."

집에 가는 길에는 간성에 있는 파스타집을 검색했다. 움직일 때마다 휴대폰에 달린 빨간 젤리 곰이 달랑거렸다. 덥지도 습하지도 않은 적당히 미지근한 여름밤이었다.

연우는 아침에 옷장을 열어 보고서야 데이트에 입고 나갈 옷이 없다는 걸 알았다. 그걸 이제야 생각해 내다니. 일없이 옷장을 열었다 닫았다 했지만 없는 옷이 생겨날 리는 없다. 9시 10분, 시간은 넉넉했다. 도서관까지 갔다 와도 될 것 같았다. 윤찬이한테 메시지를 넣었다.

> 윤찬아, 나 옷 좀 빌려주라

> 누구시죠?

> 아 좀, 나 그때 그 옷밖에 없어

> 오늘 첫 데이트인데

> 달면 삼키고 쓰면 뱉는 새끼

> 님 말 다 맞음. 지금 어디?

> 빡공 중

연우는 거진도서관으로 가 윤찬이가 입고 있던 옷에 운동화까지 싹 바꿔 입었다. 윤찬이한테는 치킨 쿠폰을 쏘아 주었다. 즉흥적으로 저지른 일치고 아주 순조로웠다. 정류장에 가자마자 버스가 왔고, 집에 도착하고도 시간이 남아 옷차림을 살필 여유가 있었다. 윤찬이랑 체구가 비슷해서 그런지 뺏어 입은 옷도 자기 옷처럼 잘 어울렸다. 무엇보다도 고등학생으로 보이지 않아 좋았다. 해고니랑 다녀도 부끄럽지 않을 차림이었다. 5분 전에 준비를 모두 마친 연우는 현관 앞을 서성였다. 11시 정각에 해고니가 도착했다.

햇살이 쨍하지 않아 스쿠터로 움직이기에 좋은 날씨였다. 스쿠터가 속도를 올리자 몸이 뒤로 빠졌다. 연우는 엉거주춤한 자세로 해고니 허리를 붙잡았다. 그런데 속도를 내자마자 빨간 신호에 걸렸다. 스쿠터가 갑자기 멈추는 바람에 연우는 해고니 어깨에 코를 박았다. 해고니 냄새, 숨소리, 심장 뛰는 소리. 부드러운 몸에 닿자 살짝 미칠 것 같은 기분이 되었다. 파란불, 스쿠터가 다시 달렸다. 커브를 돌자 회전목마를 타는 것처럼 몸이 바깥으로 쏠렸다. 연우는 해고니 움직임에 맞춰 몸을 기울였다. 마치 백 년은 함께 스쿠터를 탄 것처럼 호흡이 맞았다. 바람이 뺨을 스쳤다. 연우는 귓속을 파고드는 매미 소리와 코끝에 맴도는 포도 냄새를 무시했다. 돌아온 뒤 내내 느끼던 미묘한 답답함이 이 순간에만은 사라진 기분이었다.

"나, 자격증 따 보려고. 자동차 정비 기능사."

연우는 어젯밤 자기가 뭘 찾아냈는지 자랑했다.

"오! 너 어릴 때부터 그레이트 비버 돼서, 타요 버스 만들고 싶었다며."

목소리가 밝았다. 정답을 찾은 것 같아 연우는 기분이 좋았다.

"타요 버스는 벌써 있으니까, 만드는 거 말고 수리하는 거 하려고."

해고니가 웃었다. 웃음소리가 공기 속에서 방울방울 터졌다. 해고니가 그어 놓은 선 안으로 한 걸음 들어간 기분이었다. 연우는 한껏 들떴다. 무슨 말이든 해도 될 것 같았다. 그래서 물었다.

"너 요즘 왜 파도 안 타?"

닿아 있던 등이 뻣뻣하게 굳었다. 하지만 연우는 달라진 공기를 깨닫지 못하고 태평하게 덧붙였다.

"내가 도와줄게."

"도와준다고?"

존재하지 않는 단어를 듣기라도 한 것처럼 해고니가 되물었다.

"응."

"뭘? 어떻게 도와줄 건데?"

연우는 대답할 수 없었다. 할 말이 없어서가 아니라 말 그대로 할 수가 없었다. 북천교를 지나자마자 갑자기 주위가 컴컴해지더니 푸다다닥 요란한 소리가 났다.

비 올 확률 28퍼센트, 집에서 영화관까지는 20분 남짓. 그 짧은 시간에 소나기가 퍼부을 줄 누가 알았을까? 연우는 하늘을 올려다보다 비바람에 대차게 따귀를 맞고 고개를 숙였다. 그런데 잠시 후 거짓말처럼 비가 그쳤다. 아니, 그친 게 아니라 사라졌다. 연우 근처만 정육면체 모양으로.

항상성 시스템이 작동한 것이다.

연우는 빨갛게 빛나는 젤리 곰을 풀어 지갑 속에 넣었다. 그러고 그대로 바닥에 떨어뜨렸다. 지갑이 몸에서 떨어져 나가자 멎었던 비가 다시 쏟아졌다. 연우는 짐짓 다급하게 말했다.

"잠깐, 나 지갑 떨어졌어."

해고니가 브레이크를 잡았다. 일은 순식간에 벌어졌다. 그런 일이 있을 줄 알았다면, 무슨 일이 있어도, 유튜브 메인 화면에 얼굴이 대문짝만하게 걸려도, 지갑을 떨어뜨리는 짓 따위 하지 않았을 것이다. 물보라가 깜짝 놀랄 만큼 치솟고 차체가 기우뚱거렸다. 발을 디뎌 균형을 잡으려 했지만, 균형을 잃고 미끄러지는 기계를 감당하는 건 무리였다. 스쿠터에서 튕겨 나가 바닥을 구른 건 순간이었다. 몸이 부서지는 것 같았다. 온몸이 다 아팠다. 처음에는 어디를 다쳤는지조차 알지 못했다. 연우는 눈두덩이에서 터지는 빗방울을 닦아 내며 눈을 끔벅였다. 모로 쓰러진 스쿠터와, 스쿠터 옆에 쓰러진 해고니가 보였다.

해고니는 눈을 감은 채 움직이지 않았다. 다행히 전화기는 멀쩡했다. 119를 눌러 위치를 말했다. 연우는 비틀거리며 일어나 해고니 곁으로 갔다.

"야, 이해곤……."

끔찍한 시간이었다. 시간에 점성이 생긴 듯, 흐르다 굳은 진흙처럼 처덕처덕 달라붙어 숨통을 틀어막았다. 해고니 눈꺼풀이 떨리고, 느리게 열렸다. 눈동자에 초점이 돌아오고, 연우와 눈을 맞추었다. 연우는 당장 해고니를 안아 일으키고 싶었다. 하지만 어디가 어떻게 다친 줄 모르니 함부로 건드릴 수는 없었다. 연우는 해고니에게 입을 벙긋거렸다. 몇 번을 시도한 끝에 소리가 목구멍을 긁으며 새어 나왔다.

"너, 너, 괜찮아?"

해고니가 몸을 움직이다 끙 소리를 냈다.

"팔, 다친 거 같은데?"

얼굴을 찌푸린 채 팔을 움직이던 해고니가 연우를 올려다 보더니 울상을 했다.

"우연우, 얼굴 긁혔다. 딴 데는? 넌 괜찮아?"

연우는 고개를 끄덕였다. 팔다리가 쓰렸지만, 그냥 긁힌 상처였다. 움직이는 건 문제없었다.

"연우 너 지갑은?"

연우는 해고니 말을 따라 했다.

"내 지갑?"

"저기 있다. 주워 와. 차 지나가다 밟을라."

"응."

연우는 기계 인형처럼 시키는 대로 지갑에 손을 뻗다 멈칫했다. 주워서 어쩌려고? 해고니한테, 곧 달려올 구조대한테 정육면체 모양으로 비가 튕겨 나가는 장면이라도 보여 주려고?

그때 해고니가 말했다.

"망고 앞에 달린 백, 방수 주머니야. 거기 넣어."

연우는 뜨거운 것이라도 옮기듯 손끝으로 지갑을 주워 방수 주머니에 넣었다. 앰뷸런스 소리가 들렸다.

불행은 갖가지 방법으로 찾아온다. 예상치 못한 사건들이 예상치 못한 조합으로.

해고니는 팔에 금이 갔고, 연우는 얼굴과 어깨가 심하게 쓸렸다. 넋 나간 표정으로 달려온 부모들에게 의사는 며칠 입원해 있으면서 지켜보다가 별일 없으면 퇴원할 수 있다고 말했다. 연우는 6인실, 해고니는 2인실에 들어갔다. 남은 병실이 그것밖에 없어서였다.

꽉 찬 병실을 보자 아픈 사람이 이렇게나 많나 싶었다. 대체 이 많은 불행은 어디에서 오는 걸까? 메시지 앱에 문자가 쌓였지만 대답할 기분이 아니었다. 해고니를 다치게 했다는 사실이 마음을 짓눌렀다.

연우는 '굶지 마' 속으로 달아났지만 '굶지 마'는 역시 '굶지 마'였다. 바닥에 쓰러진 윌슨을 보며 연우는 생각에 빠졌다. 게임 속 계절은 여름이었고, 암울하게 더웠다. 윌슨은 그늘 한 점 없는 곳에서 가방을 잃어버렸다. 더위를 피할 장소도, 도구도 없었다. 윌슨의 생명력은 그저 서 있기만 해도 깎여 나가더니 결국 픽 쓰러지고 말았다.

윌슨을 살려 내 봤자 상황은 바뀌지 않았다. 계절은 여전히 암울한 여름이었고, 그늘도 가방도 없었다. 그래도 연우는 윌슨을 살려 냈다. 가혹한 태양 아래 쓰러질 때까지 세워 두노라면 자신이 벌받는 기분이 들었다.

연우와 해고니는 링거 줄을 단 채 영랑호 앞 벤치에서 나루와 윤찬이를 기다리고 있었다. 연우는 수런거리는 소리에 고개를 돌렸다. 산책로를 지나는 사람들이 영랑호 한쪽을 가리키고 있었다. 여름 볕에 부서지는 물결 위로 흑고니 한 마리가 유유히 떠 있었다. 겨울 철새인 흑고니가 왜 아직 여기 있느냐, 동료를 못 따라간 것 같다, 어디 아픈 거 아니냐, 주고받는 소리가 가까워졌다가 점차 멀어졌다.

저 흑고니도, 연우와 같은 병실에 누운 다섯 사람도, 윌슨도, 예상치 못한 사건의 조합, 불행의 랜덤 뽑기에서 꽝을 뽑은 건지도 몰랐다. 그러나 그 변명이 연우에게까지는 통하지 않았다. 자신에게 일어난 일은 뽑기가 아니었다. 정말로 예상하지 못한 일은 단 하나였다. 갑자기 내린 비.

'장치'가 물을 사라지게 한다는 것도, 빗속에서 스쿠터가 급정거하면 높은 확률로 미끄러진다는 것도, 다 알고 있던 일이었다. 그런데도 장치를 들고 해고니를 만나고, 비가 오자 지갑에 넣어 바닥에 떨어뜨렸다.

연우가 중얼거렸다.

"그러지 말아야 했어."

해고니가 한숨을 쉬었다.

"연우 네 탓 아냐."

"내 탓 맞아."

"아냐, 내가 브레이크를 잘못 잡아서 그래."

"내가 지갑 흘려서 그렇게 된 거잖아."

다 연우 잘못이었다.

"그래서, 계속 눈도 안 맞출 거야?"

해고니가 숨을 쉴 때마다 깁스한 팔이 조금씩 오르내렸다. 연우는 고개를 들었다.

"우연우 많이도 긁혔네. 한쪽 볼만 엄청 부었어."

해고니가 휴대폰을 연우 앞에 들이밀었다.

"야, 이거 너 닮았다."

화면에는 한쪽 볼이 불룩 튀어나오도록 땅콩을 밀어 넣은 다람쥐 사진이 떠 있었다. 연우는 저도 모르게 웃다 상처가 땅겨 와 얼굴을 찡그렸다. 해고니 얼굴이 덩달아 일그러졌다.

"너도 다쳤어. 자책하지 마."

끈적하게 들러붙은 죄책감과는 별개로 연우는 침착했다. 항상성 시스템 덕분이었다. 해고니를 마주 보지 못한 건 그런 자신이 쓰레기처럼 느껴졌기 때문이다.

해고니가 짐짓 밝은 목소리로 말했다.

"손잡으면 바로 땀날 것 같은 날씨인데 연우 너랑 있으면 시원해."

연우도 아무렇지 않은 척 대꾸했다.

"포도 냄새도 나?"

해고니가 연우 셔츠에 고개를 들이밀고 킁킁댔다.

"응. 요즘 너한테서 맨날 나. 샴푸 냄새야?"

해고니 머리카락에서는 민트 향이 났다. 연우는 슬며시 몸을 떼며 휴대폰을 보았다. 7시 6분.

"얘네 7시에 온다고 하지 않았어?"

"응."

나루는 서프 나인에 들렀다가 사고 소식을 듣고 해고니한테 연락했고, 윤찬이는 빌려 입은 옷 때문에 연우가 직접 사정을 설명했다.

두 사람은 굳이 얼굴을 봐야겠다고 고집을 부렸고, 연우와 해고니는 둘을 한 번에 만나기로 했다. 병실이 달라 밖에서 보는 게 나을 것 같았고, 해 지고 난 뒤라 정신없는 1층 카페보다는 병원 정문에서 큰길만 건너면 나오는 호숫가가 괜찮을 것 같았다.

먼저 도착한 사람은 나루였다. 꽃다발을 들고 긴장한 표정으로 성큼성큼 다가오는 모습이 드라마 같은 데서 보던 프러포즈를 앞둔 사람 같았다. 그런데 그게 아니었다. 긴장한 게 아니라 화가 난 거였다. 왜 화가 났는지는 알 수 없지만, 누구한테 화가 났는지는 바로 알 수 있었다. 해고니 앞에 꽃다발을 내려놓은 나루는 연우를 반쯤 등지고 해고니 쪽으로 몸을 돌려 앉았다. 그러고는 자기가 다치기라도 한 듯 고통스러워 보이는 얼굴로 해고니를 살폈다.

"많이 아프겠다."

"진통제 맞고 있어서 안 아파. 근데 조나루, 우연우도 다쳤다."

나루가 소리 나게 콧방귀를 뀌었다.

"야, 저 새끼는 더 다쳐도 돼! 널 이 꼴로 만들어 놓고."

"오버야. 비 때문에 미끄러진 거 가지고."

해고니가 연우를 감싸자 나루가 불만스러운 표정으로 입을 닫았다. 그제야 말할 기회를 얻은 연우가 입을 뗐다.

"내 건 없냐?"

나루가 콧잔등을 찡그리더니 주황색 비타민 음료 하나를 꺼내 연우 앞에 놓았다. 가방 안에서 몇 주일은 뒹군 듯 상표 끝이 일어났고 병은 뜨듯했다. 연우가 비타민 음료를 다시 내려놓는데, 양손에 봉지를 든 윤찬이가 씨근대며 나타났다.

윤찬이가 다가오자 고소한 냄새가 확 풍겼다.

"치킨!"

윤찬이가 연우를 위아래로 훑으며 벤치에 앉았다.

"새끼, 조심 좀 하지."

그러고는 해고니 쪽으로 몸을 돌려 넉살 좋게 인사했다.

"안녕, 난 박윤찬. 도서관 정류장에서 몇 번 봤지? 하필 이런 일로 말 트게 되다니, 그렇다. 동갑이니까 말 놔도 되지? 니들 진짜 큰일 날 뻔했어. 이만하면 불행 중 다행이라고 해야 하나? 쨌든, 이거 먹고 얼른 나아."

해고니가 웃었다.

"고마워, 잘 먹을게. 그리고 얜 조나루. 고3 때 같은 반."

"안녕, 조나루. 담엔 꽃 말고 먹을 수 있는 걸로 사 와라."

윤찬이는 자기가 환자라도 된 듯 병문안 선물을 품평했다.

"이리 다 붙어. 먹기 전에 사진 찍어야지."

박윤찬은 10년은 알고 지낸 친구처럼 나루, 해고니와 스스럼없이 어울렸다. 심드렁한 표정을 짓던 나루도 치킨 앞에서는 어쩔 수 없었다. 저녁 먹은 지 한 시간 남짓이었지만 치킨은 잘만 들어갔다. 다들 한동안 치킨 먹으랴 말하랴 정신이 없었다. 사고가 나 병원에 오기까지 시시콜콜한 이야기마저 탈탈 털어 내고 화제가 끊기는가 했더니, 박윤찬이 다시 시동을 걸었다.

"야, 우리 게임 하자."

"무슨 게임?"

그사이 제법 죽이 잘 맞게 된 나루가 선뜻 물었다.

"'내가 아는 사람 중에', 알지?"

연우는 처음 들어 본 게임이었다. 그런데 나루도 해고니도 아는 눈치였다. 고개를 젓는 연우에게 윤찬이가 말했다.

"하는 거 보면 알아, 나 먼저 한다."

그러고는 음흉한 표정으로 비죽 웃더니 입을 열었다.

"내가 아는 사람 중에 데이트하는데 입을 거 없다고 도서관까지 찾아와서는 친구 옷이랑 신발을 다 벗겨 간 놈이 있다."

감이 왔다. 이건 주위 사람들을 갈구는 게임이다. 그리고 윤찬이는 연우를 디스하는 중이었다. 나루가 기가 막힌다는 듯 말했다.

"친구를 호구로 보나?"

해고니가 키득거렸다. 연우는 부당한 평가를 정정했다.

"호구로 보냐니, 치킨 쐈잖아."

해고니랑 나루가 연우를 빤히 봤다. 아…… 연우는 실수를 깨달았지만 이미 늦었다. 윤찬이가 콧구멍을 씰룩였다.

"안타깝게도 그 치킨도 그 새끼 입으로 들어가 버렸다지."

연우는 뼈만 남은 치킨 상자를 보았다. 쿠폰으로 산 치킨은 자기가 먹어 치웠고, 빌려 간 옷과 신발도 구제할 길 없이 엉망이 되었다.

"옷이랑 신발은 물어 줄게. 진짜 미안하다."

윤찬이가 목을 좌우로 꺾으며 거만하게 말했다.

"미안하면 퇴원하고 도서관 나와. 밥 먹을 사람 없다."

할 말을 찾지 못한 연우가 멋쩍게 웃었지만 윤찬이는 눈을 돌리지 않고 끈질기게 대답을 기다렸다. 연우는 하는 수 없이 디스에 동참했다. 공격은 최선의 방어라지.

"내가 아는 사람 중에 신검에서 상근 떴는데, 재수한다고 입영 연기 신청한 애 있다."

윤찬이가 이것 봐라 하는 표정으로 연우를 보았다. 해고니가 감탄했다.

"헐, 대박! 근데, 입영 연기하면 상근 무효되는 거 아냐?"

"오, 그걸 아네? 이번에 신검 받았어?"

나루가 깐족댔다. 해고니가 어깨를 으쓱했다.

"페친이 캡처해서 올린 거 봤어. 상근 뜬 거 엄청 좋아하던데. 부대 안 들어가고 집에서 출퇴근하게 됐다고."

나루가 한숨을 쉬었다.

"개부럽다. 근데 걔는 무슨 수로 상근 받았대?"

"뽑기 아냐? 그냥 운이래, 그거."

연우 대꾸에 나루가 분개했다.

"헐, 그 새끼는 진짜 무슨 생각으로 그랬대?"

험한 소리가 나오자 윤찬이가 발끈했다.

"그 새끼 재수한다고 그랬다. 재수하려고 온갖 알바 다 해서 악착같이 돈 모았는데, 어케 군대 가. 군대 갔다 오면 머리 다 썩어서 나온다는데. 그래도 대학은 나와야지 사람 구실 하지. 고졸 취업률이 몇 퍼센트인 줄 아냐? 25프로도 안 된다더라. 응? 우연우? 알겠냐? 때늦은 질풍노도의 시간은 그만 끝내고 도서관 나와라."

불똥이 다시 연우에게 튀었다. 그런데 상근에 꽂힌 나루가 그 불똥을 튕겨 냈다.

"누군 현역 떠서 뒈지겠는데, 누군 굴러온 상근을 발로 차

버리네."

나루가 어깨를 으쓱했다.

"내가 아는 사람 중에 고등학교 졸업하고 횟집 물려받으려다 어쩌다 보니 대학 간 애 있는데, 걔 학교가 졸라 재미없어서 입영 신청했대."

아무리 들어도 나루 자기 이야기인데, 뭔가 이상했다. 연우가 물었다.

"근데 캠퍼스 커플 아니었어? 학교 왜 재미없대?"

"걔 공부랑 담쌓은 놈이라 강의실에 앉아 있는 것 자체가 고통이래."

나루가 잠시 말을 끊더니 잠시 뜸을 들였다.

"그리고…… 캠퍼스 커플은 뻥이래. 고등학생 때 좋아한 애 계속 좋아하고 있는데, 걔가 부담스러워해서 캠퍼스 커플이라고……."

이건 게임을 빙자한 고백이었다. 연우는 더 듣고 싶지 않았다. 해고니가 듣게 내버려두고 싶지도 않았다.

"야, 어차피 그렇게 된 거 군대부터 갔다 오라 그래."

나루가 노려보았지만 연우는 뻔뻔하게 말을 이어 갔다.

"내가 아는 사람 중에 진짜 어이없는 일을 겪은 애가 있는데."

사귀는 사람이 버젓이 옆에 있는데 고백이라니, 말이 되는 소리인가?

윤찬이가 천연덕스럽게 추임새를 넣었다.

"그래? 어떤 일?"

연우는 머릿속으로 말을 골랐다.

"라이카를 찾는다는 누군가한테 걸렸대. 낮잠을 자다가 붙들렸는데 진짜 안 놔주더라는 거야. 고생 엄청 했다더라."

윤찬이가 얼굴을 찌푸렸다.

"버스에서 걸렸냐? 난 '유월절을 아십니까'였어. 예쁜 누나가 말 걸어서 좋아했는데, 쳇."

나루가 끼어들었다.

"리어카?"

"아니, 라이카."

"라이카가 뭔데?"

나루가 퉁명스레 물었다. 궁금해서 하는 수 없이 끼어든 모양이었다.

"찾아보니까 카메라 브랜드더라고."

"카메라?"

해고니가 물었다.

"응. 어이없지? 그래서 어이없단 거야. 카메라가 필요하면 카메라 가게를 가든지, 인터넷으로 사든지 할 것이지 나를 붙들고……."

그때 윤찬이가 말했다.

"카메라 아니라 개 아냐?"

연우가 눈을 끔뻑였다.

"응?"

"멍멍, 개라고. 라이카, 우주로 간 최초의 개. 모의고사 문풀 하다 봤어."

"뭔 개소리야. 됐고 넘어가. 별것도 아닌 거 가지고."

나루가 짜증을 냈다.

다음 차례는 해고니였다. 다들 해고니 입이 열리기를 기다렸다. 어떤 이야기가 나올까? 어쩌면 해고니한테 무슨 일이 벌어졌는지 실마리를 얻을 수 있을지도 몰랐다. 그러나 해고니는 엉뚱한 소리를 했다.

"어? 우연우, 링거 다 됐다. 가야겠는데?"

"와, 이해곤 실망이야. 그렇게 안 봤는데. 남의 얘기 다 듣고 내빼는 거?"

윤찬이가 핀잔을 주자 나루가 해고니 편을 들었다.

"야! 내빼긴 누가 내빼. 이해곤, 조금만 더 있다 가라."

"아냐. 진통제 떨어지면 많이 아파. 들어가서 바로 갈아 달라고 해야 돼."

해고니의 부드럽지만 단호한 거절에 나루가 연우를 흘겼다. 연우가 짐짓 장난스레 말했다.

"난 괜찮은데? 이해곤, 비겁하게 도망치기 있기 없기?"

반은 나루의 눈총 때문에, 반은 해고니 이야기를 듣고 싶어서 한 소리였다. 그러나 연우는 곧 후회했다.

"남이야 비겁하게 도망치건 말건."

해고니를 안 뒤로 그렇게까지 가라앉은 목소리를 들은 건 처음이었다.

7. 바나나 우유 스물다섯 상자

라이카는 스푸트니크 2호에 실려 우주로 나간 뒤 일곱 시간을 버텼다. 스푸트니크 2호의 실험 목표는 '우주 공간에서 생물체의 생존 여부와 적응 가능성'이었다.

연우는 퇴원하자마자 메시지 앱의 프로필 사진을 그날 영랑호 앞에서 찍은 사진으로 바꾸었다. 언뜻 보면 치킨 사진 같지만 해고니 팔 깁스가 배경 전체를 차지하고 있었다.

"가지가지 한다."

젤리 곰이 말했다.

"이거라도 봐야 양심이 돌아올 것 같아서."

큐브 속 평화는 연우에게 장치 때문에 무슨 일이 벌어졌는지 자꾸 잊게 했다. 프로필 사진을 바꾼 건 그래서였다. 자기도 모르게 잊을까 봐. 라이카로는 부적합 판정을 받았지만 인간으로는 적합 판정을 받고 싶었다. 세상에 큐브 같은 걸 두르고 사는 인간은 없다.

"장치를 분리할 수 있을 때까지 해고니 안 만날 거야."

"왜, 슈퍼 히어로 관두려고?"

"나 심각해."

"아아, 그러세요?"

"비꼬지 마. 아예 집 밖에 안 나갈 거야."

"이번에 아주 운 좋았던 거 알아? 몇 중 추돌 사고 나서 여러 사람 크게 다칠 수도 있었어. 너랑 해고니는 물론……."

"알아. 그러니까 도와줘."

"싫은데, 내가 왜?"

연우는 젤리 곰이 거절할 줄은 몰랐다.

"왜냐니, 넌 나라며. 나니까 당연히……."

"장치를 분리할 수 있으면, 날 떼 놓고 다닐 거잖아. 해고니를 못 봐서 싫어."

"해고니가 다쳤잖아."

젤리 곰이 입을 다물었다. 그날 연우는 해고니가 그어 놓은 선 밖으로 밀려났다. 두 사람은 퇴원할 때까지도 서먹한 상태였다. 퇴원 뒤에 만날 약속도 잡지 않았다. 해고니도 말이 없었지만, 연우도 말을 꺼내지 못했다. 장치가 문제였다.

그렇다고 무작정 집에 틀어박힐 수는 없었다. 행방불명되었다 돌아온 뒤 얼마 되지 않아 교통사고가 났다. 이 상황에서 퇴원하자마자 방에 틀어박히면 아버지의 걱정이 이만저만 아닐 거다.

사고 난 뒤 아버지는 연우가 인형 뽑기 집게에 걸린 인형이라도 되는 듯 반응했다. 살짝 움직이기만 해도 떨어질까 봐 전전긍긍이었다. 입원해 있는 동안은 일도 안 나가고 붙어 있었다. 하고 싶은 말이 많은 표정으로 입을 꾹 닫은 채 휴대폰 맞고를 치며 시간을 죽였다.

아버지는 내내 애쓰고 있었다. 그런 아버지를 걱정시키고 싶지 않았다. 연우도 바람직한 아들이 되고 싶었다.

그리고 해고니, 자신이 이대로 틀어박히면 헤어지자고 하지 않으면 다행이었다. 그러니까 제대로 된 변명거리를 찾아야 했다.

연우와 젤리 곰은 이리저리 머리를 굴리다, 남들 다 9월 모의고사 준비할 때 민수인가 진석인가 자동차 정비 기능사 필기시험을 준비한다고 야자 때마다 인강 틀어 놓고 열 내던 일을 떠올렸다. 연우는 아버지와 해고니에게 시험 공부하느라 당분간 집에 있을 거라고 메시지를 보내고 심호흡했다.

"시작한다."

젤리 곰을 손목에서 풀어 30센티 자로 쭉 밀었다. 한 뼘 남짓한 거리까지 멀어지자 젤리 곰의 불이 꺼졌다.

얼마 지나지 않아 상태가 급격하게 나빠졌다. 혈압이 치솟고 심박수가 두 배로 뛰었다. 견디지 못하고 젤리 곰으로 손을 뻗었다. 매미 소리가 들리고 포도 냄새가 났다. 빨갛게 불이 들어온 젤리 곰 얼굴이 으스스했다. 그러나 바짝 곤두서서 자글자글 끓던 마음은 빠르게 가라앉았다.

연우는 자신의 상태를 썼다. 천장과 벽이 다가오는 것 같음. 불안, 뭔가 크게 잘못되고 있다는 느낌. 위가 죄어 오고 얻어 맞기라도 한 듯 명치가 욱신거림, 공포.

책상 위에는 끄지 않은 스톱워치가 아직도 돌아가고 있었다. 첫 번째 시도에서 버틴 시간은 10분 남짓이었다.

"꽤 버텼네."

젤리 곰의 말에 대꾸할 기운도 없었다. 연우는 침대에 드러누웠다.

"문제가 생기면 정해진 영역을 표준 상태로 리셋하는 걸까? 마치 큐브에 갇혀 있을 때처럼?"

연우는 영혼 없이 자화자찬했다.

"역시 과탐 1등급. 그럴싸해."

가장 마음에 걸리는 건 큐브 안에서 한순간 싹 사라져 버린 물이었다. 가장자리에서 만들어지는 그 복잡한 무늬를 보면, 물을 튕겨 내거나 밀어내는 게 아니었다.

"뭔가 다른 걸로 바꿔 버리는 것 같아."

"다른 걸로 바꾼다고? 분자 컨버터 같은 건가?"

분자 컨버터라니, 연우는 젤리 곰을 보았다. 과연 그게 가능한지는 접어 두고, 코딱지만 한 젤리 곰에 그런 엄청난 기능이 들어 있다고? 말도 안 돼.

오후가 되자 연우는 두 번째 실험을 했다. 두 번째는 첫 번째보다 더 고통스러웠다. 책상에 앉는 순간부터 몸이 뻣뻣하게 굳었다. 불안이 언제 닥칠지 몰라 전전긍긍했다. 더 심하게 초조했다. 이번에는 10분도 채우지 못했다.

연우는 눈물 콧물을 닦아 가며 젤리 곰을 움켜쥐었다. 얼굴은 화끈거리는데, 손발은 싸늘했다. 땀이 나면서 몸이 떨렸다. 숨이 막히는 것 같은 느낌, 토할 것 같고 어지러웠다. 그대로 죽어 버릴 것 같은 기분이 들었다.

연우는 종이에 '불안 → 장치 → 안정'이라고 끼적였다. 검색창에 불안이라고 치자 자동 완성 기능이 불안 장애라는 글자를 띄웠다. 클릭하고 문서를 읽어 내려가던 연우는 자신의 상태가 글 내용과 비슷하다는 걸 깨달았다.

"불안 장애였던 거야?"

젤리 곰이 놀란 목소리로 물었다. 그러나 연우의 관심을 끈 건 증상이 아니라 그 아래 줄이었다.

"치료 방법이 있대."

치료한다는 생각 자체를 못 했다. 아픈 게 아니니까. 다치지도, 감염되지도 않았으니까.

약물 치료와 인지 행동 치료가 대표적인 치료 방법이며, 치료 시 대부분의 환자가 극적인 증상 호전을 경험한다.

"극적인 호전이라는데?"
"해 보자."

장치를 분리하고 끔찍한 불안이 찾아올 때, 가장 괴로운 구간은 이대로 죽어 버릴 것 같은 두려움이 밀려올 때였다. 쥐포처럼 짜부라져 끝장날 것 같은 기분.

연우는 화면에 뜬 영상을 따라 했다. 배 위에 손을 올리고 코로 숨을 들이쉬었다. 들이쉴 때는 배가 불룩하게 나오게, 내쉴 때는 배가 홀쭉해지게. 그렇게 들이쉬며 하나, 내쉬며 난 편안해, 다시 들이쉬며 둘, 내쉬며 난 편안해, 이렇게 하나에서 열까지, 더 필요하면 다시 하나에서 열까지. 내쉬는 건 들이쉬는 것보다 길게, 까다로웠지만 그래 봤자 숨쉬기였다.

그리고 약도 있었다. 혼자 전전긍긍하지 말고, 병원에 가서 항우울제든 항불안제든 처방해 주는 약을 먹는 거다. 그런데 그러려면 보호자가 필요했다.

'처방 없이 살 수 있는 항불안제'로 검색하자 안정액, 청심원, 마그네슘, 세인트존스워트, 노이로민 같은 이름이 떴다.

아는 이름도 눈에 띄었다. 청심원과 안정액, 노이로민은 약국에서만 살 수 있었다. 젤리 곰이 인터넷으로 주문할 수 있는 마그네슘과 세인트존스워트를 사 보자고 했고, 연우는 그 자리에서 약 몇 통을 주문했다.

"바나나도 좋대."

메시지 앱에서 오픈 채팅 창을 열었다. 맨 위에 '튼튼과학' 채팅 방이 보였다. 읽지 않은 메시지 300+. 고1 때 교내 과학 대회 준비하면서 들어갔던 오픈 채팅 방인데 한동안 들어가지 않았다. 여기는 질문이 많이 올라왔고, 유치한 방 제목과 달리 참여자 연령대가 다양했다.

채팅 방을 여는데 공교롭게도 새 메시지가 떴다.

> 화학공학과 박사 과정.
> 실험하다 기분 전환 겸 질문 받습니다.
> 선착순 한 명.

손가락이 바로 움직였다.

> 저요

거의 2년 만에 남기는 글이었다.

> 불안 장애에 바나나가 실제로 효과 있나요?

10분쯤 지나자 답이 올라왔다. 질문을 받겠다던 '내일의죠 박사'였다.

> 바나나에는 트립토판이라는 세로토닌을 합성하는 성분이 있습니다. 보통 바나나 하나당 0.011그램의 트립토판이 들어 있는데요. 보통 처방받는 트립토판이 0.5그램이니까 바나나 50개를 한 번에 먹으면 그 정도 양이 되겠네요. 얼마 전에 마트에서 보니 바나나 한 상자에 여덟 송이가 들어 있던데, 일주일에 세 상자씩 사서 매일 세 송이 플러스 대여섯 개쯤 더 드시면 효과를 볼 수 있을 듯합니다.

웃음과 한숨이 같이 나올 수도 있다는 걸 처음 알았다.

> 하루 바나나 50개! 고맙습니다!

인사말 아래 글이 주르륵 달렸다.

> 걍 청심*이나 안정* 먹어

> 바나나 세 송이 껌이지

> 껌 겁나 크네

> 껌은 안 삼켜도 됨

> 아 그렇다 ㅋㅋㅋㅋㅋㅋ

> 먹어 보고 후기 좀

> 난 바나나 싫은데. 바나나 우유는 몇 개나 먹어야 하나용?

놀랍게도 채 5분도 지나기 전에 마지막 질문에 댓글이 달렸다.

> 바나나 과육이 5퍼센트 이상 들어가 있을 때, 바나나 우유란 이름을 붙일 수 있습니다. 마트나 편의점에서 190밀리짜리 바나나 우유를 살 수 있는데요, 한 팩에 5퍼센트, 대충 10그램 정도 바나나가 들어 있다고 칩시다.
> 껍질 벗긴 바나나가 120그램쯤 되니까, 바나나 우유 열두 개를 먹으면 바나나 하나, 스물네 개들이 한 상자를 먹으면 바나나 두 개치 트립토판을 먹은 셈이지요. 1회 트립토판 양만큼 먹으려면(윗댓 참고) 바나나 50개를 먹어야 하고, 따라서 한 번에 바나나 우유 스물다섯 상자씩 드시면 효과를 볼 수 있을 듯합니다.

"'내일의죠박사'가 아닌데?"

"아, 정말? '랩도양'이다."

"랩도양? 아! 이 사람 오랜만이다. 기억나?"

"기억나지 그럼. 이 사람 덕분에 상도 받았는데."

"그때도 답글 엄청 열심히 써 줬잖아."

연우는 소리 내 웃었다.

"와, 뭐 하는 사람들이야, 이분들."

별것 아닌 질문에 열정적으로 올라오는 답글들을 보자 응원 아닌 응원을 받는 기분이었다.

실험할 때마다 바나나 두 송이를 먹어 치우고 호흡법도 했다. 플라세보 효과인지 진짜 효과가 있는 건지 알 수 없었지만, 견딜 수 있는 시간이 아주 조금씩 늘었다. 쥐꼬리만 한 희망을 붙들고, 연우는 그렇게 며칠을 보냈다.

> 잘되고 있어?

실험이 끝난 뒤, 몸도 마음도 탈탈 털려 누워 있는데 해고니한테서 메시지가 들어왔다. 순조로워. 난 잘 있어, 너는……. 연우는 구구절절 답을 쓰다가, 그냥 통화 버튼을 눌렀다. 목소리보다 먼저 파도가 부서지는 소리가 들렸다. 창가로 다가가자 꼭 닫은 창문을 뚫고 파도 소리가 들렸다. 바람이 세차게 불고 있었다. 시계를 보니 밤 11시가 다 되었다.

"아직 밖이야?"

해고니 숨소리가 들렸다.

"저녁 먹고 나왔어."

나직한 목소리가 파도를 뚫고 선명하게 귀에 꽂혔다. 꿈만 같았다. 겨우 사흘 지났는데 어떻게 이렇게까지 보고 싶을 수 있을까?

"보고 싶어."

"나올래?"

귓가에 해고니 목소리가 부서졌다. 나와. 메아리쳐 돌아와 다시 부서졌다. 젤리 곰이 말했다.

"좋아!"

연우는 깜짝 놀라 마이크를 막고 소곤댔다.

"야! 장치는 어쩌고? 분리할 수 있을 때까지 해고니 안 만나기로 했잖아."

"두고 가. 10분은 버틸 수 있잖아. 잠시 얼굴 보고 오자."

너무나 간절한 잠시였다. 연우는 젤리 곰의 유혹에 다시 넘어가고 말았다.

"너 어딘데?"

연우가 묻는 순간, 툭. 유리창에 무언가 날아와 부딪혔다. 그리고 다시 툭. 창문을 열자, 탱글탱글한 것이 뺨에 닿았다 떨어졌다. 엉겁결에 손을 뻗어 움켜쥐었다. 뭉개지는 느낌과 함께 냄새가 화악 퍼져 나갔다.

포도, 포도 알, 포도 냄새.

"우연우, 오늘 포도 먹었어?"

연우는 창밖에서 눈을 맞추고 있는 얼굴을, 사흘 만에 본 얼굴을, 눈으로 쓰다듬듯 하나하나 더듬었다. 납작한 이마를, 살짝 들린 코끝을, 그늘이 드리운 뺨을, 인중의 고랑을, 그 아래 입술을, 동그란 턱을.

"아니."

이상하게 쉰 목소리가 나왔다. 해고니가 창밖에서 손을 쑥 들이밀었다.

"그럴 것 같더라."

손에는 한 알 한 알 동그랗게 부풀어 반짝이는 포도 한 송이가 들려 있었다.

"맛있어. 먹어 봐."

연우는 포도를 받아 그 자리에서 한 알 따서 입안에 넣었다.

"마이따."

해고니가 웃었다.

"포도 귀신."

입안을 구르는 포도를 껍질째 뭉개 삼키고는 창밖으로 몸을 내밀었다.

"있어 봐. 금방 나갈게."

"아냐, 나오지 마. 나 금방 갈 거야."

"왜?"

연우가 멀어지려는 해고니 어깨를 잡았다. 해고니가 연우 가슴을 밀어 넣었다. 그러고는 반응할 사이도 없이 방충망을 닫았다.

"우리, 친구 하자."

연우는 그 말을 한 번에 알아듣지 못했다.

"친구?"

"그래, 친구."

해고니가 다시 한 번 그 말을 입에 올리는 순간, 연우는 이해했다.

"그만 만나자고?"

해고니가 웃었다. 헛웃음이었다.

"왜 그만 만나. 친구인데."

해고니가 뒤로 물러났다.

"자격증 공부 열심히 해. 우연우 똑똑하니까 바로 붙을 거야. 그리고, 짜증 내서 미안."

창문이 닫혔다. 연우는 유리창 너머로 멀어지는 해고니 뒷모습을 보았다. 가슴이 벌렁거리고 속이 매스꺼웠다. 젤리 곰에 빨갛게 불이 들어왔다. 매미 소리가 들리고, 포도 냄새가 났다. 머릿속에 한 장면이 스쳤다.

'줄까? 나 포도는 그닥인데.'

팩에 든 포도 주스를 내미는 해고니. 급식으로 포도 주스나 포도가 나올 때마다 해고니는 제 몫을 연우한테 주었다. 그 장면에서 뭔가 걸렸다. 뭘까?

포도 알과 포도 냄새와 급식 포도. 해고니가 던진 포도 알과 급식 포도 사이에 포도 냄새가 끼어 있었다. 포도 냄새지만 진짜 포도 냄새는 아닌, 지나치게 달콤한 포도 향.

'가져.'

해고니가 뭔가를 건넸다. 그걸 나루가 가로채 달아나다가 떨어뜨렸고, 재수없이 지나가던 녀석 발에 밟혔다. 나루는 해고니한테 실컷 잔소리를 들었고, 연우는 그걸 수습해서 책상 서랍에 넣어 두었다.

연우는 일어나 책상 아래를 들여다보았다. 학교에서 쓰던 물건들을 쓸어 담아 온 가방을 거기다 처박아 두었다.

가방을 꺼내 지퍼를 열자, 익숙한 포도 냄새가 풍겨 왔다. 노트북 수납 칸에서 무언가가 새어 나와 꾸덕꾸덕하게 말라 있었다. 노트북 칸을 뒤적이자, 안에서 포도 그림이 그려진 핸드크림이 나왔다. 옆구리로 내용물이 삐져나와 배가 홀쭉했다. 책상 서랍에 넣어 둔 걸 터진 줄도 모르고 그대로 가방에 집어넣은 모양이었다.

"이 냄새였어."

연우 머릿속에 불현듯 어떤 생각이 떠올랐다.

'리셋이 아니라, 아예 갈아치우는 거라면?'

젤리 곰을 들고 샤워기 밑에 서 있을 때, 송지호 해수욕장에서 바다에 빠졌을 때도 그랬다. 장치가 작동하자 물은 말 그대로 사라졌다. 밀려 나가거나 증발한 게 아니었다. 그때 샤워기에서 떨어지던 물이 다른 무언가로 교체되었다면? 매미 소리가 들리고 포도 향이 나던, 지난여름 교실을 채우고 있던 그 공기로? 연우를 둘러싼 공간을 장치가 그때 그곳으로 바꿔치기하는 거라면?

그러니까 그게 어떻게 가능한지는 모르겠지만, 항상성을 유지하기 위해 환경을 조정하는 게 아니라, 어느 시점의 환경을 불러들이는 거다.

수조에 열대어를 기르는데 물 온도가 너무 높아졌다고 치자. 산소 결핍으로 물고기들이 헐떡댄다. 에어컨을 세게 켜 주변 온도를 낮추거나, 수조를 그늘로 옮겨 열기를 피하거나, 얼음을 넣어 직접 물 온도를 낮출 수도 있다. 연우는 지금까지 항상성 시스템이 그런 식으로 작동한다고 짐작했다. 더운물을 차갑게 식히는 거다.

그런데 그게 아니라면? 아예 수조 속 물을 싹 교체하는 거라면? 데워진 물을 그날 새벽 수조 속에 담겨 있던 서늘한 물과 바꿔치기하는 거라면?

연우를 채집한 그들은 연우가 무엇인지 모를 수 있다. 연우가 항상성을 유지할 수 있는 이상적인 상태가 어떤 상태인지도 모를 수 있다. 알 필요가 없다고 생각할 수도 있다. 그래서 채집한 시점의 환경을 가장 이상적인 환경으로 보고, 소환하는 거다. 그러니까 리셋이 아니라 리플레이스.

'우리'는 '라이카'를 찾고 있었다. 만일 그들이 찾는 게 우주에서 '생존할' 수 있는 지구 생명체라면, 아니면 지구 생명체가 우주에서 생존할 수 있는 '조건'을 찾는 거라면, 막무가내로 생명체를 채집해 놓고 어떻게든 오래 살려 놓으려 한다면, 적당한 방법 아닐까?

환경을 고치는 게 아니라 바꾸는 거다. 그래서 매미 소리와 포도 냄새까지 딸려 온 거다.

입시를 앞둔 고3 교실이 가장 이상적인 환경이라니. 그렇다고 하자니 처량했고, 아니라고 하자니 아닌 게 아니었다. 그곳은 일종의 온실이었다. 비바람을 막아 주고 추위와 더위도 막아 주는, 원하는 대로 자랄 수는 없지만 정해진 대로 자라기에는 딱 좋은 장소.

해고니처럼 원하는 게 있는 아이들은 온실 밖으로 뛰쳐나갔다. 하지만 연우는 자기가 원하는 게 뭔지 몰랐다. 집에 가면 혼자였고 먹을 것도 마땅치 않았다. 그러나 교실에는 아이들이, 해고니가 있었다. 급식도 같이 먹고 매점도 같이 갔다. 연우한테는 교실만큼 편한 곳이 없었다.

그렇다 해도 영원히 그곳에 있고 싶지는 않았다. 몇 달만 더 버티면, 대학만 가면 뛰쳐나오겠노라고 다른 아이들과 마찬가지로 생각했다. 하지만 어쩐 일인지 1년이 지나고도 연우는 여전히 온실 아닌 온실 안에 갇혀 있었고, 온실 밖으로 뛰쳐나간 해고니는 행복해 보이지 않았다.

1년이 증발해 버린 세상으로 돌아왔지만, 그럭저럭 잘 적응하고 있다고 믿었다. 돌아온 뒤 모든 걸 새로 시작했다고 생각했다. 학교를 그만두고 도서관에 다닌 것, 고성에 남기로 하고 새 진로를 고민한 것, 무엇보다도 해고니에게 고백하고 사귀기 시작한 것까지, 해고니랑 같이 앞으로 나아가고 있다고 생각했다. 선택도 괜찮았고 결과도 괜찮아 보였다. 그러나 실은 그게 아니었다. 나아가고 있다고 생각했지만 그렇지 못했다.

큐브에 갇혀 있을 때 해고니가 나오는 꿈을 꾼 적 있다. 악몽이었지만 얼굴을 보았을 때 얼마나 행복했는지 모른다. 그런데 지금은 마음만 먹으면 볼 수 있는 곳에 있으면서도, 해고니를 볼 수가 없었다.

연우는 큐브에서 빠져나왔지만 여전히 갇혀 있었고, 1년이 지났어도 지난여름 교실의 공기 속에서 벗어나지 못하고 있었다. 여전히 그때 그곳에 머물러 있었다. 아무것도 리셋하지 못한 채, 되풀이되는 과거의 한순간 속에 갇혀 있었다. 자신이 무얼 원하는지 알지 못한 채, 해고니가 멀어지는 것을 지켜보기만 하던 그때 그 순간 속에.

큐브는 온실을 복사한 온실이었다. 그 온실에서 빠져나오는 것은 연우가 스스로 어찌할 수 있는 일이 아니었다.

"의지력이 더 강하면 버텨 낼 수 있지 않을까?"

"*의지력도 타고나는 거야. 너, 타고났어?*"

젤리 곰이 되물었다.

"타고났겠냐."

연우는 돌아누우며 아기처럼 몸을 웅크렸다.

"해고니 나오는 꿈 꾸면 좋겠다."

"*나도.*"

8. 내가 아는 사람 중에

연우는 해고니랑 캠퍼스 커플이 되어 학교 안을 손잡고 거닐고 있었다. 건물 유리에 반사된 빛, 구름처럼 피어 그늘을 드리운 목련꽃, 바람에 떨어지는 벚꽃잎, 나풀거리는 해고니 머리카락. 대학 캠퍼스는 그렇게 넓다던데, 가도 가도 길이 끝나지 않았다.

영원히 이어질 것 같은 산책을 끝낸 것은 카랑카랑한 목소리였다.

"오늘 비 소식은 없습니다."

기상 캐스터가 오늘 날씨를 알려 주고 있었다. 배를 긁으며 일어나 창밖을 보았다. 비 소식이 없다는 말대로 구름 한 점 없는 맑은 날씨였다. 뉴스를 틀어 놓은 건 아버지일 텐데, 이 시간까지 집이라니, 오늘 무슨 일 있나? 배가 못 나갈 날씨는 아닌데. 연우는 옆구리를 긁으며 거실로 나갔다.

"마른 태풍이라도 온대요?"

아버지 곁에 앉았다. 몇 해 전인가 비는 적은데 바람이 센 태풍이 온 적 있었다. 태풍급 강풍이면 어선은 항구에서 나가지 못한다. 조업은 무리다. 그래서 그런지 아버지 표정이 무거웠다.

"언제 지나간대요?"

연우가 재차 묻자 아버지가 연우를 보았다.

"너 시험 날짜가 언제라고?"

"9월 25일요."

"어디서 치는데?"

시험 장소까지는 찾아보지 못했다. 연우는 대충 둘러댔다.

"어, 그게, 거진 정보 도서관요."

아버지가 왼손으로 얼굴을 감싸고 눈썹 위를 지그시 눌렀다. 눈썹과 눈두덩이 이지러지며 주름이 움푹 팼다.

"고성은 시험 치는 곳 없던데."

연우는 입을 닫았다. 표정, 말투, 몸짓, 그냥 떠보는 게 아니었다.

아버지가 얼굴을 한 번 쓸어내리더니 거실 탁자 위에 올려놓은 휴대폰을 내밀었다. 문자 메시지가 보였다. 배송 출발, 세인트존스워트 데일리 트립토판 세로토닌 테아닌 한 상자,

주소…….

초등학생일 때 포털에 가입한 뒤 물건을 사 본 건 처음이었다. 전화번호가 아버지 걸로 되어 있다는 걸 깜빡했다.

"이게 뭔지 모르고 산 건 아닐 테고."

아버지가 연우를 보았다. 연우는 눈을 내리깔았다. 무슨 말을 하는 게 좋을까, 어떻게 말하면 그냥 넘어갈 수 있을까.

"설마설마했는데, 해고니 어머니 말씀이 맞았구나."

"해고니 어머니요?"

"너 행방불명되고 니 친구, 니 친구들 부모님, 온 사방에 연락하느라 알게 됐다. 해고니 어머니가……."

아버지가 서너 번 짧게 숨을 몰아쉬었다.

"너 불안 장애일지도 모르니 지켜보라시더라."

연우 눈동자가 흔들렸다. 잡아뗄 상황이 아니었다. 연우가 입을 닫자 아버지의 바람직한 아버지 모드가 멈추었다. 철든 뒤 계속 보아 온 익숙한 표정, 무심한, 어쩔 수 없이 찾아온 손님 같은 아버지로 돌아갔다.

"나도 참, 언제까지 널 지켜봐야 하는지……."

조금 전에 잠에서 깼는데 피로가 몰려왔다. 연우가 지친 목소리로 물었다.

"절 얼마나 지켜보셨는데요?"

화가 난 게 아니었다. 반항하려는 마음도 없었다. 그냥 말 그대로였다. 아버지는 배를 타면 몇 개월이고 나가 있었고 집에 있을 때도 얼굴 보기 쉽지 않았다. 외로워도 원망하거나 탓한 적이 없었다. 뱃일이 힘들다는 건 귀에 못이 박히도록 들었고, 아버지가 돈을 벌어야 학원도 등록하고 대학도 갈 수 있다는 것도 알았다.

담담하고 단순한 질문이었다. 떠오른 의문이 생각을 거치지 않고 입 밖으로 나왔을 뿐이다. 그러나 아버지한테는 달랐던 모양이다. 연우는 사람 얼굴이 눈앞에서 허물어지는 모습을 처음 보았다. 분노가 깨져 나가고 걱정과 죄책감, 슬픔이 그 자리를 채웠다. 눈앞에 있는 사람은 손님 같은 아버지도 바람직한 아버지도 아니었다. 그저 고통스러워하는 아버지였다.

아니, 왜? 방치된 사람도, 혼자 남겨진 사람도 연우였다. 아버지는 방치한 사람이었고, 떠난 사람이었다. 딱히 상처가 되진 않았지만, 상처를 입어야 한다면 그건 아버지가 아니라 연우여야 했다.

"연우야……."

연우는 아버지의 목멘 소리를 듣고 있을 수가 없었다.

"죄송해요, 저 들어갈게요."

남은 바나나를 챙겨 들고 방으로 들어갔다. 책상에 바나나를 올려놓고 그 앞에 앉았다. 껍질을 까서 하얗고 달콤한 덩어리를 입안에 욱여넣었다. 한 덩어리를 삼키고 또 한 덩어리를 삼켰다.

연우는 바나나 한 송이를 다 먹어 치우고는 구깃구깃한 이부자리 위에 드러누웠다. 불행은 어디에서 오는 걸까? 예상한 곳에서, 예상치 못한 곳에서, 세상 모든 곳에서.

"야. 괜찮냐?"

젤리 곰의 물음에 연우는 침묵했다. 이불을 뒤집어쓰자 신기하게도 잠이 쏟아졌다. 항상성 시스템 덕분이다. 땡큐.

탕! 탕! 탕!

문 두드리는 소리에 잠이 깼다. 20년도 더 된 알루미늄 문짝은 살짝만 두드려도 안방에까지 소리가 쟁쟁했다. 창밖을 내다본 연우는 깜짝 놀랐다. 밖은 어두웠다. 밤 9시도 넘은 것 같았다.

"우연우, 문 열어!"

해고니 목소리였다. 벌떡 일어났다. 전화기를 켜자 부재중 전화 알림이 떴다. 통화 버튼을 누르자 신호가 한 번 떨어지고 바로 목소리가 흘러나왔다.

"얼굴 좀 봐."

딱딱한 말투였다. 해고니는 좀처럼 화내지 않았지만, 한 번 화나면 쉽게 풀리지도 않고 뒤끝도 길었다.

"나와."

해고니한테 차인 게 엊그제였다. 나가야 하나? 답은 망설임 없이 나왔다.

"10분만, 금방 나갈게."

창밖을 보자 바람에 휜 나뭇가지가 넘실거렸다. 유리는 물자국 없이 깨끗했다. 비는 없었다. 서둘러 씻고 옷을 갈아입었다. 장치는 풀어 바지 주머니에 넣었다. 언제든 몸에서 떼어 놓을 수 있게. 마른침을 삼키며 문손잡이에 손을 올렸다. 그러고는 짧게 숨을 들이쉬고 문을 밀었다.

바람이 앞머리를 날렸다. 해고니가 다가왔다. 양 뺨에 두 손이 닿는다. 코앞에 코가, 눈앞에 눈동자가 있다. 눈동자 속에 눈동자가 비쳤다. 입술 앞에서 입술이 움직였다.

"너, 괜찮아?"

연우는 목이 메어 고개만 끄덕였다.

"잠 못 자?"

"아닌데. 오늘도 종일 잤는데."

잠긴 목소리에 해고니가 콧잔등을 찡그렸다.

"밥은 먹었어?"

말을 듣자마자 허기가 밀려왔다.

"아니, 배고파."

해고니가 연우 손을 잡아끌었다.

"볶음밥 먹을래? 탕수육까지는 사 줄 수 있어."

"내가 불쌍하냐?"

해고니가 픽 웃었다.

"너 같음 안 불쌍하겠냐?"

연우는 생각했다. 나 같으면? 내가 해고니고 해고니가 나라면? 애가 타서 죽을 거다.

"불쌍하지, 불쌍해서……."

곁에 딱 붙어 있을 거다. 여기는 거기가 아니라고, 밖이라고, 네가 살던 세상으로 돌아왔노라고, 끊임없이 말해 줄 거다. 그래서 장치 같은 것 없이도 불안하지 않게, 아무도 없는 집 안에서 또 언제 채집당할까 무서워하지 않게, 혼자라는 생각이 들지 않게, 외로운 줄 모르고 외로워하지 않게 끝없이 말해 줄 거다.

"편의점 가자."

연우가 해고니 손을 마주 잡았다.

"내가 사 줄게."

해고니가 비웃었다.

"돈은 있고?"

"삼김 정돈 살 수 있어."

"좋아. 더블 불고기 삼각김밥."

키득거리는 소리가 간지럽게 손가락을 타고 오른다.

"우연우, 나 피크닉도 산다?"

"그래라."

바닷가 정자에서 서로 어깨를 기대고 삼각김밥을 먹었다. 매미 소리가 들렸다. 김에 붙어 있던 소금 가루가 뺨에 붙고, 무릎에 밥풀이 흘렀다. 그걸 서로 떼어 내면서 시시덕거렸다.

매미가 울었다. 연우가 손을 털며 물었다.

"안 더워?"

포도 냄새가 났다. 해고니가 머리카락을 쓸어 넘기며 대답했다.

"바람이 이렇게 부는데 뭐가 더워."

물 한 통을 둘이 나눠 마신 뒤, 연우와 해고니는 쓰레기를 분리수거 통에 버리고 바닷가로 나갔다.

해고니가 신을 벗어 손에 들었다. 가로등이 비치지 않는 곳을 골라 파도가 밀려 들어오는 곳까지 성큼성큼 걸어갔다. 폐장 시간이 지난 외진 해수욕장에는 사람이 없었다. 연우도 신과 양말을 벗고 해고니 옆에 나란히 섰다. 발가락 사이로 거품이 고였다. 연우는 발 장난을 치며 물속으로 들어갔다. 그러다 발밑에 무언가 잡혀 손을 넣어 모래 속을 헤집었다. 백합이었다. 이만큼 큰 백합을 잡는 일은 드물었다. 자랑할 셈으로 손을 내미는데 해고니가 옆에 없었다. 어느새 몇 발 뒤, 파도가 닿지 않는 곳으로 물러나 있었다.

"내가 아는 사람 중에……."

바람 소리, 파도 소리에 섞여 가라앉은 목소리가 느리게 흘러나왔다. 흩어져 사라져 버릴 듯한 소리였다. 어떤 전조 같은, 그러나 무엇의 전조인지 알 수 없는 오싹한 느낌이 들었다. 손아귀의 힘이 풀렸다. 아직 자랑하지 못한 백합이 바닷물 속으로 떨어졌다.

"내가 아는 사람 중에 파도가 좋아서 바다에 죽치고 살던 애가 있는데."

바람이 부는 대로 흔들리는 목소리가 위태로웠다. 연우는 해고니 손을 잡았다. 손을 잡고 난 뒤에야 연우는 자기 손이 바닷물에 젖은 걸 떠올렸다. 얼른 손을 거두려 했지만 해고니가 놓아주지 않았다. 해고니 손가락에 힘이 들어갔다.

"걔 이젠 바닷물이 닿기만 해도 벌벌 떤대."

목소리만 흔들리는 게 아니었다. 손가락뼈 사이를 누르는 손끝, 얽힌 손가락의 옆면도 떨리고 있었다. 해고니 자기 이야기였다. 기사 제목이 떠올랐다. 고성서 서핑하던 20대 번개 맞아 사망. 어떤 일이 있었는지 듣고 싶었지만, 듣기 두렵기도 했다.

연우는 뻣뻣한 입술에 침을 발랐다. 그러고도 입이 겨우 떨어졌다.

"걘, 왜…… 그런대?"

해고니가 한 걸음 더 파도에서 물러났다.

"파도 타던 친구가 죽는 걸 바로 옆에서 봤거든."

해고니가 편의점 앞 바다를 가리켰다.

"바로 저기서."

연우는 숨을 삼켰다. 그리고 삼킨 숨을 그대로 토해 냈다. 충격이었다. 여기라니. 하루에도 열두 번은 뛰어다니던 이 바다에서 그런 일이 있었다니.

"넌 안 다쳤어?"

해고니가 어깨를 으쓱했다.

"갠 기막히게 멀쩡했어."

연우는 해고니를 껴안았다. 탈수 중인 세탁기처럼 온몸이 달달 떨렸다. 자기가 떠는 건지 품에 안은 해고니 몸이 떨리는 건지 알 수 없었지만 어떻게든 멈추려고 몸을 맞대고 부여잡았다.

"마른하늘에 날벼락이란 말 있잖아. 진짜 그런 일이 일어나더라. 그리고, 그거에 맞아 죽는 사람도 있고. 갠 그 친구 바로 옆에 있었거든. 기분상으론 1미터 남짓? 그쯤밖에 안 되었는데, 그래도 털끝 하나 다치지 않았대. 놀랍지?"

"절, 절친이었대?"

연우가 더듬거리자 해고니가 연우 등을 쓸었다.

"그거 알아? 파도 부서질 때, 집 무너지는 것 같은 소리 난다?"

밀물 때라 뒷걸음질 친 자리까지 파도가 밀고 들어왔다. 뒤꿈치에 물살이 닿자 연우는 해고니를 뭍으로 밀었다. 해고니는 밀리는 대로 순순히 움직였다.

"처음 보드 탔을 때, 소리가 정말 무서웠거든. 그래서 좋은 파도를 만나도 잡지도 못하고 벌벌 떨기만 했어."

연우는 눈을 깜빡였다. 언제나 멋지게만 보였는데, 남들 안 가는 길을 척척 잘도 찾아간다고 생각했는데, 그런 때가 있었는 줄은 몰랐다.

"그때마다 라인업 하려고 준비하던 언니들이 날 보며 샤카 사인을 해 줬어."

샤카 사인은 연우도 알았다. 해고니가 들뜬 표정으로 신이 나서 말하는 걸 여러 번 들었다. 주먹을 쥐고 엄지랑 새끼손가락을 편다. 그 상태로 손등을 상대에게 보이며 흔들흔들. 그 손짓에 '안녕. 멋져. 잘했어. 고마워. 살아 있어? 살아 있어! 환영해.' 그 모든 의미가 담겨 있다고.

"파도에 된통 휩쓸려 물밑에서 통돌이 하다 나왔을 때도, 리시가 끊어져 보드를 놓치고 망연자실하고 있을 때도, 샤카 사인을 해 줬어. 그래서 다시 보드를 밀고 나갈 수 있었어."

해고니가 연우에게서 떨어져 나와 눈을 맞추었다.

"약, 필요하면 말해. SSRI 처방받은 거 있으니까, 이상한 거 주워 먹지 말고."

"SSRI?"

"니가 찾던 약. 항우울제."

"넌 어디서 났는데?"

"처방받은 거. 너도 웬만하면 병원 가서 처방받아."

연우는 발바닥으로 젖은 모래를 짓이겼다.

"너 언제부터 약······."

해고니가 말을 잘랐다.

"야, 우리 엄마 대박이지?"

연우는 입안을 깨물었다. 하고 싶지 않은 말을 하게 하고 싶지는 않았다. 해고니가 던진 화제를 아무렇지도 않은 척 받았다.

"니네 엄마는 그거 어떻게 아셨냐?"

발가락으로 모래밭에 홈을 만들자 홈 속에서 바닷물이 솟아올랐다. 해고니 얼굴에 웃음기가 서렸다.

"튼튼과학 오픈 챗방, 내가 너한테 알려 준 거잖아."

연우가 고개를 끄덕였다.

"그거 엄마가 나한테 알려 준 거야. 거기, '랩실도비한테양 말주세요' 알아?"

알다마다. 바나나 우유에 든 트립토판 양을 계산해 준 사람. '랩도양'은 오픈 채팅 방에서 글을 가장 많이 올리는 사람 가운데 하나였다.

"우리 엄마야."

"헐~ 꿈에도 몰랐어."

불안 장애 이야기가 아버지한테 들어가기까지의 과정이 단번에 그려졌다.

해고니가 어깨를 으쓱했다.

"나도 이번에 알았어."

해고니가 소리 내 웃으며 연우와 맞잡은 손을 앞뒤로 흔들었다. 애써 만들어 낸 명랑한 분위기가 둘 사이에 고여 찰랑찰랑할 즈음 해고니가 말을 꺼냈다.

"너는?"

연우가 멀뚱하게 보자 해고니가 물었다.

"너는 나한테 더 할 말 없어?"

연우는 손을 뻗어 장치를 넣은 주머니를 더듬었다. 젤리 곰의 올록볼록한 몸체가 손바닥에 느껴졌다.

"그때 내가 말한 그 애 있잖아. '라이카를 찾습니다'한테 걸린 애."

눈을 내리깔고 숨을 크게 들이켰다.

"걔한텐 이상한 장치가 있어. 언제나 딱 좋은 상태로 만들어 주는 장치야. 춥지도 덥지도 않게 하고 비바람도 막아 주고 우울하지도 않게 해 줘. 어때? 어디서 들어 본 이야기 같지 않아?"

"그러네. 그런데?"

"그 애 말이지, 실은 그쪽에 끌려갔다가 풀려났는데 1년이 지나 버렸대. 그 앤 아주 헷갈려서 죽을 맛이었어. 진짜 1년을 점프한 건지, 지난 1년의 기억이 몽땅 사라진 건지 알 수가 없었지."

닿은 팔을 통해 숨죽이는 기색이 느껴졌다.

"장치도 그래. 진짜 그런 장치가 있는 건지, 모든 게 자기 망상에 불과한 건지 알 수가 없었지. 그러다 일이 터졌어. 그 장치 때문에 걔 여자 친구가 크게 다칠 뻔했어. 아니, 실제로 다쳤지."

연우는 점점 두려워졌다. 해고니가 어떤 반응을 보일지. 그래서 단숨에 할 말을 쏟아 냈다.

"걔가 장치를 들고 여친이랑 스쿠터를 타고 가는데 비가 갑자기 오는 거야. 근데 그 장치가, 말했지? 비바람을 막아 준댔잖아. 걔 있는 자리만 비가 안 들이쳐. 그 모습을 사람들한테 들키면 어떻게 되겠어? 그래서 걔는 놀라 장치를 지갑에 넣고는 바닥에 떨어뜨렸어. 몸에서 떨어지면 장치가 꺼지니까. 세상에 그런 게 어디 있나 싶지? 그래서 걘 외계인이 그 장치를 만들었다고 생각해. 자신을 납치한 것도 외계인이라고 생각하고. 알아, 존나 이상하게 들리는 거. 근데 걘 진짜 그렇게 믿고 있어. 그게 아니라면 이해할 방법이 없으니까."

해고니가 눈도 깜빡이지 않고 이쪽을 보고 있었다. 제정신인지 아닌지 살피는 걸 거다.

연우는 증거를 내밀었다.

"이게 그 장치야."

주머니에서 젤리 곰을 꺼내 손바닥을 펼쳐 보이자 해고니 얼굴이 당혹감으로 일그러졌다.

"그거 내가 준 거잖아."

"원래는 투명했어. 기억 안 나?"

해고니가 빛이 흘러나오는 작은 몸체에 고개를 들이밀었다.

"빨간색이네."

"작동 중일 땐 빨간 불이 들어와."

해고니가 고개를 들고 연우 얼굴을 빤히 보았다.

"진심?"

"완전 진심."

연우가 해고니 손에 장치를 쥐여 주었다.

"확인해 볼래?"

연우는 젤리 곰을 쥔 해고니 손에 깍지를 끼고 해고니를 잡아끌었다. 검은빛을 띤 채 밀려드는 파도를 보고 해고니가 뒷걸음질 치며 웅얼거렸다.

"아까 걔, 바닷물이 닿기만 해도 벌벌 떤다고 했잖아."

말끝이 떨렸다.

"그래서, 확인 안 해 볼 거야?"

해고니의 침묵에 연우는 두려워졌다. 해고니가 말도 안 되는 짓 말라고 화를 내면? 제정신이 아니라며 손을 뿌리치고 돌아서면? 해고니를 잡은 손에 힘이 들어갔다. 매달리듯 당기자, 해고니가 숨을 들이켜고는 중얼거렸다.

"이해곤, 비겁하게 도망치기 있기 없기."

연우가 생각 없이 던진 말이었다. 연우는 변명이든 사과든 하고 싶었지만 해고니가 고개를 저었다. 억지웃음을 지으며 연우와 어깨를 나란히 했다. 걸음을 내딛자 달빛에 창백한 옆얼굴이 비쳤다. 호두 모양이 또렷하게 잡힌 턱과 꾹 다문 입과 일그러진 눈꼬리가 보였다.

맨발에 파도가 닿자 해고니가 움찔했다.

"그냥 계속 가면 되는 거야?"

걸음걸이도 어깨도 뻣뻣하게 굳었다. 해고니의 움직임 하나하나가 눈을 찔렀다. 연우는 갈등했다. 손바닥이 아플 만큼 손아귀에 힘이 들어갔다. 해고니가 괴로워하는 게 싫었다. 굳이 오늘 확인 안 해도 돼. 돌아가자. 말이 목구멍까지 차올랐다.

하지만 어쩌면, 조금은 도움이 되지 않을까? 여기서, 한 발 나아갈 수 있지 않을까? 해고니도 연우처럼 '그때 거기'에 간혀 있었다. 연우가 포도 냄새 가득한 교실 안에 갇혀 있듯, 해고니는 번개가 떨어지는 파도 속에 갇혀 있었다. 온실을 나가면 원하는 대로 살 수 있을 줄 알았는데 바깥세상은 아예 예측 불허였다.

연우는 해고니가 그 안에서 나올 수 있기를 바랐다. 장치가 있으면 안전하게 바닷속에 들어갔다 나올 수 있으니까. 그러나 해고니는 버텨 내지 못했다. 물이 무릎이나 왔을까, 몸을 덜덜 떨기 시작했다. 연우는 어찌할 바를 모르다가 젤리 곰을 손에 쥔 채 혼자 더 멀리 나아갔다.

초도 해변은 동해안치고는 얕았지만 그래도 어느 정도 들어가면 갑자기 깊어지는 부분이 있다. 그런 곳이 그때그때 조금씩 바뀌긴 해도 대체로 비슷했고, 이 동네에서 나고 자란 연우는 대충 어디가 깊고 어디가 얕은지 알았다.

연우 몸이 갑자기 꺼지듯 물속으로 잠기자 해고니가 다급하게 외쳤다.

"연우야!"

그러고 다급하게 달려오다 우뚝 멈추어 섰다.

"뭐야, 이거."

연우가 정육면체 모양으로 물이 사라진 공간에 쭈그리고 앉아 있었다.

"안전해. 안으로 들어와 봐."

연우가 손을 내밀었다. 해고니가 믿을 수 없다는 몸짓으로 머뭇거리다, 아주 느리게 큐브 안으로 몸을 들였다. 그러고는 싹둑 자른 듯 물로 이루어진 벽을 쓰다듬었다.

"진짜 물이네."

"그럼."

물은 손가락을 타고 갈라졌지만, 큐브 안으로 흘러들어 오지는 않았다.

"뭐야, 이거. 게임 같아."

그때, 젤리 곰이 말했다.

"게임에서도 물은 쏟아지는데?"

연우가 당황하며 얼버무리려는데 해고니가 픽 웃었다. 스피커로 흘러나오는 소리였지만 파도 소리에 섞여 그런지 해고니는 알아차리지 못했다.

"농담이 나오냐?"

"농담 아니라 진짜 그렇잖아."

자기 목소리라서 알 수 있었다. 아닌 척해도 긴장한 목소리였다.

젤리 곰이 속삭였다.

"무사해서 다행이야."

그건 정확히 연우가 하고 싶은 말이었다. 감정이 북받쳤다. 다른 곳도 아닌 눈 뜨면 나와 놀던 이 바다에서, 매일 지나다니는 이곳에서, 자신이 사라진 동안, 큐브에 갇혀 있는 동안, 아무것도 모르는 동안, 안다 해도 손쓸 수 없는 동안 해고니가 어떻게 되었을지도 모른다고 생각하면 심장이 뭉개지는 것 같았다. 절대 못 견뎠을 거다. 그리고 그게 바로 해고니가 겪은 일이었다.

연우는 해고니 등에 이마를 대었다. 해고니는 눈앞의 광경에 정신이 빼앗긴 채였다.

"자세히 보고 싶어."

해고니가 휴대폰을 들었다. 연우가 고개를 들고 다급하게 말했다.

"플래시 켜지 마. 사람들이 봐."

"자세히 보고 싶은데."

"더 가서 켜. 물에 완전히 잠겼을 때."

해고니가 침을 삼켰다.

"바닷물이 쏟아지지 않을까?"

"안 쏟아져."

젤리 곰이 연우가 할 말을 대신 했다.

"어떻게 알아? 해 봤어?"

"응. 몇 번이나."

해고니가 숨을 들이쉬었다.

"좋아, 해 보자."

연우와 해고니가 어깨를 맞대고 앞으로 나아갔다. 처음에는 쭈그리고 걸었지만, 물이 깊어지자 몸을 조금씩 세웠다. 그리고 마침내 물속에서 완전히 설 수 있게 되었다.

해고니가 휴대폰 손전등을 켰다.

"헐."

소리를 낸 건 연우였다. 바닷가에 살아도 스노클링도 다이빙도 해 본 적 없었다. 얕은 바다에서 잠수는 종종 했지만, 그때는 햇빛 쨍쨍한 낮이었다. 모랫바닥 위로 일렁이는 햇살과 돌아다니는 치어 떼들과 부유하는 해파리의 살점, 녹색과 갈색의 바다풀, 뻐끔거리는 조개들이 연우가 본 바닷속 풍경이었다.

그러나 밤바다는 달랐다. 맑은 날 비취처럼 빛나는 물속이 아니라 애니메이션 속 바다 마녀가 사는 곳을 실사 버전으로 보는 것 같았다. 빛이 닿는 곳만 어슴푸레 떠오르는 음침한 세계. 정체 모를 것들이 겹겹이 들러붙은 으스스한 바위와 정신 놓은 사람 머리카락처럼 여기저기서 흔들리는 해조류, 물귀신이라도 나올 것 같은 풍경에 연우는 실망했다. 해고니한테 보여 주고 싶은 건 이게 아니었다.

그때 해고니가 속삭였다.

"무늬 오징어다."

"어디?"

"저기 돌 위에."

해고니가 손을 대자 그때까지 돌인 줄 알았던 무언가가 스르르 움직여 물살을 갈랐다. 손전등 빛이 무늬 오징어를 따라갔다. 노르스름한 점이 찍힌 몸통이 물을 가르고 나아가자 펄럭이는 지느러미 끝이 연보랏빛으로 흔들렸다.

"예쁘다."

연우가 중얼거렸다. 손전등 빛에 해고니 콧날이 선명했다. 무늬 오징어를 좇는 눈동자도, 작은 숨소리가 새어 나오는 입술도. 공기에 둘러싸여 있는데도 숨이 막히는 느낌이었다. 연우는 숨을 크게 삼키고, 해고니한테로 손을 뻗었다. 해고니 뺨에 연우 손이 닿으려는 그때, 해고니가 이쪽을 보았다. 연우는 움찔했다. 그런데 해고니는 연우보다 더 놀란 표정이었다. 아니, 겁에 질린 표정이었다.

"연우야, 나가자."

손전등에서 나온 빛이 바닥으로 움직였다. 폐그물에 엉긴 고무장갑이 보였다. 그리고 모랫바닥 위로 우수수 쓰러져 펄떡이는 물고기들. 바닷물이 빠져나가고 공기가 들어찬 자리, 바다에 사는 것들이 쓰레기들 틈에서 죽어 가고 있었다.

해고니가 연우에게 들고 있던 휴대폰을 건넸다. 그러고는 고무장갑과 폐그물을 주섬주섬 주워, 말릴 틈도 없이 큐브 밖으로 빠져나가며, 연우에게 손을 내밀었다.

"가자."

해고니가 큐브 밖 바닷물을 가르는 동안 연우는 큐브 안에서 해고니가 이끄는 대로 딸려 올라갔다. 위로, 위로 떠오른 몸은 머지않아 물 밖으로 나왔다.

"폰 잘 챙겨."

9. 문어일까, 나일까?

해고니는 한쪽 팔만으로도 연우를 착실히 해안으로 이끌었다. 뭍에서 얼마 떨어지지 않은 바위에 기대어 몸을 일으켜 세우며 연우를 앞뒤로 살폈다.

"괜찮아? 다친 데는 없어?"

그 질문은 해고니 자신이 들어야 할 질문이었다. 보송보송한 채 바닷속을 다녀온 연우한테 물을 말이 아니었다.

"너는, 다친 팔은? 바다는, 괜찮았어?"

연우가 묻자 해고니가 눈을 끔뻑이다 웃음을 터뜨렸다.

"그러게, 괜찮네."

그러고는 무너지듯 주저앉았다. 젖은 몸에 모자반이 들러붙었다. 연우는 곁에 쭈그리고 앉아 해고니 등을 쓸었다.

"괜찮아, 이제 괜찮아."

연우는 흔들리는 몸이 잦아들 때까지 해고니를 껴안고 있었다. 해고니가 고개를 들었다. 뺨이 번들거렸다. 바닷물 때문인지 눈물 때문인지 알 수 없었다. 그런데 그때였다. 해고니가 갑자기 펄쩍 뛰었다.

"으악! 뭐, 뭐야!"

고무장갑에서 나온 기다란 다리가 해고니 팔에 철썩 들러붙어 있었다. 젤리 곰이 놀라 물었다.

"뭐야, 이해곤, 왜 그래!"

"문어야."

해고니가 말했다.

"야, 야, 들어가. 나오면 말라 죽어."

연우가 구물거리는 다리를 집어넣고 고무장갑 속을 들여다보았다. 해고니도 머리를 들이밀었다.

"헐, 문어 잡았네."

"그러게."

구멍을 좋아하는 문어가 고무장갑을 발견하고 집으로 삼은 모양이었다. 문어가 다시 다리를 뻗었다. 다리가 연우 코끝에 붙었다. 연우가 다리를 떼어 내려 하자 다리가 움츠러들었다. 빨판이 딱 붙어 쉽사리 떨어지지 않았다.

"얘 뭐냐. 네가 좋은가 보다."

해고니가 깔깔 웃음을 터뜨리며 연우 팔에 자기 팔을 둘렀다. 그러고는 빨갛게 빛나는 젤리 곰을 만지작거렸다.

"그러니까, 이게 문제라는 거지?"

"응."

"없으면 어떻게 되는데?"

"엄청 불안해져."

"그래서 약을 찾은 거야?"

"응."

"내가 곁에서 도와주면?"

"어떻게?"

"안아 줄게."

상상만 해도 설렜다.

"머리도 쓰다듬어 주고, 손도 잡아 주고, 노래도 불러 줄게."

해고니가 그렇게 해 준다면 견딜 수 있을 것 같았다.

"정말?"

"응."

그래서 해고니한테 젤리 곰을 내밀었다.

"그럼, 이거 너 줄까?"

해고니가 눈만 끔뻑이자, 연우가 젤리 곰을 해고니 손에 쥐여 주었다.

"가져. 널 지켜 줄 거야. 그러니까 다시 바다에 들어가."

해고니가 젤리 곰을 꼭 쥐었다.

"진짜 내가 가져도 돼?"

"응."

"무르기 없기다?"

"그래."

연우가 끝내 같은 대답을 하자 해고니가 갑자기 웃음을 터뜨렸다.

"우연우, 바보냐. 이걸 들고 어떻게 바다에 들어가. 난리 나지."

그러고는 젤리 곰을 고무장갑 속에 던져 넣었다.

"야!"

당황한 연우가 고무장갑으로 손을 뻗었다. 해고니가 연우 손을 잡았다. 그리고 그대로 그 손을 끌어당겨 연우를 껴안았다.

"잠깐만. 이대로 있어 봐."

파도가 서너 번 밀려왔다 멀어졌다. 해고니 숨소리가 귓가에서 들렸다.

"어때?"

해고니가 물었다.

"좋아."

젤리 곰이 대답했다. 심장이 쿵쿵거리는 중에도 젤리 곰이 블루투스로 휴대폰과 연결되어 있다는 사실을 떠올렸다. 고무장갑에 갇혔어도 젤리 곰의 귀는 그대로였다.

"그래?"

해고니가 물었다. 연우는 젤리 곰처럼 서슴없이 좋다고 말할 수는 없었다. 좋은 것 같은데 땀이 삐질삐질 솟았다. 가슴도 평소보다 훨씬 빠르게 뛰었다. 해고니랑 붙어 있어서일까? 장치를 분리해서일까? 설렘 때문인지 불안 때문인지 알 수 없었다.

"모르겠어. 보통 15분은 버틸 수 있거든."

"그럼 기다려 보자. 20분. 무슨 일이 벌어지나?"

연우는 바싹 마른 입안을 혀로 쓸며 속으로 수를 세었다. 들이쉬면서 하나, 둘, 셋, 내쉬면서 하나, 둘, 셋, 넷, 다섯, 여섯. 그제야 겨우 화젯거리가 떠올랐다.

"대단하더라. 한 팔로 나까지 데리고 헤엄쳐 왔어."

"작년에 라이프 가드 자격증 땄어. 너 하나쯤은 열 번도 건져 낼 수 있어. 버둥거리지만 않으면, 나를 믿고 맡기기만 하면."

해고니가 무심하게 말했다. 그러나 그 덤덤한 목소리가, 믿고 맡기라는 말이 연우의 연약한 곳을 건드렸다. 연우는 해고니를 살짝 밀었다. 그리고 그 애한테 입 맞추었다. 온몸이 폭발할 것 같았다. 떨림을 참을 수 없어 눈을 감았다. 그렇게, 입술에 닿은 입술을 기절할 것 같은 심정으로 붙들고 있는데, 등 뒤에서 파도가 쏟아졌다.

닿아 있던 온기가 사라졌다. 순식간에 몸이 물속에 처박혔다. 콧속으로 목구멍으로 짠물이 밀려들었다.

그때 젤리 곰이 고무장갑 속에 있다는 게 떠올랐다. 연우는 고무장갑을 구명줄처럼 움켜쥐었다. 세탁기 속 빨래처럼 몸이 물속을 뱅뱅 돌았다. 해고니가 말한 통돌이였다. 미친 듯이 허우적대다 겨우 물살에서 빠져나오자 기침이 정신없이 터져 나왔다. 공기가 콧속으로, 입안으로 밀려들어 왔다. 연우는 다음 파도가 덮치기 전에 허겁지겁 숨을 들이켰다.

멀리서 해고니 목소리가 들렸다. 갈라진 고함. 대답하고 싶었지만 남은 숨이 없었다. 얼마나 떠내려온 걸까? 생각은 이어지지 못한 채 부서졌다. 다시 물속에 잠겼다. 안간힘을 다해 발밑을 더듬었다. 물살이 거셌다. 지지할 곳을 찾지 못하면 이대로 휩쓸려 버리고 말 거다. 그때 정강이에 무언가가 닿았다. 발로 더듬자 미끈하고도 날카로운, 파래와 따개비 따위가 들러붙은 바위 표면이 느껴졌다. 표면을 박차고 물 위로 올라왔다.

상체가 물 위로 떠올랐다. 눈으로 코로 와르르 흘러내리는 바닷물을 훔쳐 내자 관자놀이가 쓰렸다. 어디에 긁혔는지 손바닥에 붉은 물이 묻어 나왔다. 어지러웠다. 피를 많이 흘린 걸까? 파도에 휩쓸려 통돌이를 하느라 어지러운 걸 수도 있었다. 연우는 눈꺼풀을 닦아 냈다. 파도가 잠잠한 틈을 타 배영하듯 몸을 띄우고 고무장갑 속을 더듬었다. 손끝에 물컹한 게 닿았다. 문어일 것이다. 고무장갑을 뒤집어 젤리 곰을 찾고 싶었지만 그럴 수 없었다. 장치가 바닷속으로 떨어지면 끝장이었다.

몸이 잠겼다가 떠오를 때마다 눈으로는 해고니를 찾고 손으로는 고무장갑 속을 헤집었다. 검지, 중지, 소지, 약지, 안도의 눈물이 나왔다. 찾았다. 그런데 젤리 곰에 손이 닿는 순간, 예상치 못한 일이 벌어졌다. 뺨을 후려치는 짠물이 사라지고 부드러운 공기가 들이차는 것을, 달달한 포도 냄새와 매미 소리를 기다렸으나 벌어진 일은 그게 아니었다.

고무장갑을 움켜쥔 채 바닷물에 둘러싸인, 연우는 그 상태 그대로였다. 그런데 색을 알아볼 수 없던 고무장갑이 빛바랜 분홍색으로 보였다. 물색도 기묘하게 환했다. 밤바다의 검게 번들거리는 표면이 아니라, 흐린 날 윤기 없는 청회색빛 물 표면이 연우를 둘러싸고 일렁였다. 광원을 찾을 수 없는 빛이 어디선가 흘러들고 있었다.

몸을 세우려는데 엉덩이에 무언가 닿았다. 일어나자 바닥이 느껴졌다. 설 수 있었다. 심지어 물이 무릎까지밖에 안 왔다. 연우가 발을 구르자 바닥이 아주 살짝 밀려났다 제자리로 돌아왔다. 탄성이 있지만 걸을 수 있을 만큼 질긴 바닥이었다. 그런데 나, 분명히 물에 떠 있지 않았나? 어떻게 된 거지? 위화감과 기시감이 동시에 들었다.

바닥을 밟으며 앞으로 걸어갔다. 몇 걸음 만에 앞이 막혔다. 손으로 밀자 투명하고 질긴 막이 느껴졌다.

"안 돼……."

연우는 뻣뻣한 몸짓으로 고개를 들었다. 마치 기다리고 있었던 듯 적당한 자리에 홀로그램 공이 떠 있었다.

세찬 파도 소리가 들리고 공에서 글자가 떠올랐다.

당신은 채집되었습니다.

연우의 눈길은 한곳에 고정되어 있었다. 멀리, 그러나 그렇게 멀지는 않은 곳에 해고니가 있었다. 연우를 향해 헤엄쳐 온다. 점점 가까워진다. 그러다 막에 닿으면 닿은 곳부터 야금야금 사라진다. 해고니는 자신을 향해 왔는데, 정작 자신은 결코 닿을 수 없는 곳에 있다. 멍한 머리로 생각했다. 도대체 왜? 부적합이라고 풀어 줬는데, 왜 또?

이번에는 바다 한가운데서 채집되어 문도 창문도 없었다. 교실에서 채집되었을 때는 창밖으로 지구를 볼 수 있었다. 지구가 보인다면, 그래도 두 번째니까 강원도 고성군 현내면 초도리를 찾을 수 있을지 몰랐다. 하지만 찾는다 해도 해고니를 보지는 못할 거다. 볼 수만 있다면, 전할 방법만 있다면, 자신을 찾아 헤매는 해고니에게 무사하다고 알려 줄 텐데.

큐브 안에선 항상성 시스템이 작동한다. 두려움과 불안은 망치로 때려 박은 못처럼 파묻혀 있다. '다시 보니 적합'이라고 하면 어떡하지?

"큐브에 갇힌 채 이대로 우주 여행을 떠나게 되는 걸까? 문어랑 단둘이서?"

끔찍한 상상을 떠올리며 하품을 했다. 이 와중에도 거리낌 없이 입이 쩍 벌어지는 게 신기했다.

연우는 젤리 곰을 눌렀다.

"왜 반응이 없어?"

대답은 돌아오지 않았다. 젤리 곰은 구했지만 휴대폰은 구하지 못했다. 고무장갑을 챙기느라 놓치고 말았다.

"새 폰인데……."

젤리 곰은 휴대폰이 입이고 눈이고 귀였으니 말을 할 수는 없을 거다. 하지만 깜빡일 수는 있을 텐데. '하지 마, 망가져.' 손끝에 힘을 주어 젤리 곰을 꾹 눌렀다. '아, 하지 말라고 했잖아!' 그러나 형체가 뭉개질 만큼 짜부라져도 젤리 곰에 불이 들어오지 않았다. 어떻게 된 걸까? 설마 삭제된 걸까? 하필 지금? 연우는 젤리 곰을 계속 눌렀다. 손끝이 욱신거렸다. 손이 덜덜 떨렸다. 머리가 지끈거렸다.

안정을 위해 의식을 통제합니다.

잠이 쏟아졌다. 희미해지는 의식 너머로 파도 소리가 쩌렁쩌렁 울렸다. 그리고 특별할 것 없는 일이 벌어졌다.

리셋. 아니, 리플레이스인가?

연우는 고무장갑을 움켜쥔 채 깨어났다. 자고 나니 한결 차분해졌다. 자기 전의 충격도 의문으로 바뀌었다.

"근데 여기도 소리가 나잖아?"

매미 소리든 파도 소리든, 소리가 나니까 어딘가 스피커 같은 게 있지 않을까? 그럼 젤리 곰도 말할 수 있을 텐데…….

가장 단순한 설명이 진실에 가장 가깝다면, 답은 하나다. 젤리 곰은 사라졌다. '복제된 자아'가 삭제되고 텅 빈 USB처럼 빈 껍데기만 남은 거다. 어쩌면 이제 '장치'조차 아닐지 모른다. 큐브 안에서 장치는 쓸모없었다.

지칠 대로 지쳐서인지 큐브 안이라 그런지, 걸핏하면 잠이 쏟아졌다. 리셋, 또 리셋. 연우는 잠들었다 깨어나기를 되풀이했다.

이제 와 생각해 보면 처음 채집되었을 때 정말 운이 좋았다. 가득 충전된 보조 배터리에, 보송보송한 공간, 깔고 잘 수 있는 방석들, 비싼 재료를 아끼지 않고 넣은 유부초밥 도시락.

그에 비하면 지금은 큐브 아래쪽에 바닷물이 차 있어 등을 펴고 누울 수도 없었다. 깊이가 얕아 앉아서 잘 수 있는 정도라 천만다행이었다. 물이 조금만 더 많았더라면 서서 잠들어야 했을 거다.

유부초밥이 지겹다고 구시렁댄 건 배부른 투정이었다. 큐브 안에 먹을 수 있는 거라고는 문어밖에 없었다. 그러나 차마 문어를 먹을 수는 없었다. 처음에는 살아 움직이는 걸 먹을 자신이 없었다면, 이제는 다른 이유로 먹을 수가 없었다.

연우는 물속으로 고개를 들이밀고 문어를 찾았다. 고무장갑 밖으로 뻗어 나온 다리가 보였다. 채집된 공간에서 고무장갑 외에는 몸을 숨길 곳이 없어서 그런지 문어는 다시 고무장갑을 집으로 삼았다.

연우가 고무장갑으로 손을 뻗자 문어가 스르르 발을 뻗어 나와 연우의 손을 감쌌다. 문어는 연우를 알아보았다. 손이 닿아도 태연하게 몸을 붙여 왔다. 처음 만났을 때 움츠러들던 모습과는 딴판이었다.

그런데 문어는 왜 리셋되지 않는 걸까? 리셋인지 리플레이스인지, 홀로그램 공이 빨갛게 차오르면 다른 것들은 모두 처음 채집된 그때 상태로 돌아간다. 그러나 문어는 아니었다. 만약 그랬다면 이렇게 친근하게 굴 리가 없다.

"채집된 생명체는 그대로 남겨 두는 건가?"

어쨌건 젤리 곰이 사라진 지금 마음 붙일 데라고는 녀석뿐이었다. 게다가 녀석은 자신을 알아본다. 먼저 알은척도 했다. 그런데 어떻게 먹는단 말인가?

배고픔보다 힘든 건 목마름이었다. 그러나 그것도 시간이 지나자 점차 견딜 만해졌다. 큐브에 갇혀 있는 동안은 불안이나 두려움과 마찬가지로 고통 또한 깎여 나가 희미해진다.

지나치게 태평한 생각인지 모르지만, 조금쯤 믿는 구석도 있었다. 집보다 더 익숙한 교실 안에서도 버텨 내지 못했다. 그런데 이번 큐브는 훨씬 가혹한 환경이다. 자신은 금방 탈이 날 거다. 그러면 그들은, 그 다정하고 선량한 외계인들은 자신을 돌려보내 주지 않을까? 그때처럼.

'그런데 돌아가 보니 또다시 1년 뒤면 어쩌지?'

다시 1년이 지난 뒤 해고니는 무얼 하고 있을까? 그때까지 기다려 줄까? 여전히 해고니를 좋아한다던 나루가 빈자리를 파고들었으면 어떡하지?

연우는 홀로그램 공을 올려다보았다. 그 아래 펼쳐진 교실 풍경이 또렷하게 떠올랐다. 시간이 많이 흘렀다고 생각했는데 책상 하나하나, 각각 누구 책상이었는지, 그리고 그 속에 들어 있던 물건들이 어떤 것들이었는지까지도 다 기억났다.

저 책상 너머에 해고니가 있었다. 나루랑 교실을 나가는 해고니를 연우는 리셋될 때마다 지켜보아야 했다.

"해고니 책상이 저기 있었는데."

이럴 줄 알았다면 더 많이 봐 둘걸.

"보고 싶다."

실험 같은 거 한다고 틀어박혀 있지 말고 이른 아침부터 만나 늦은 밤까지 붙들어 놓고 보고 또 볼걸.

해고니랑 자신의 이름 점을 계산한 일이 떠올랐다. 이우해연곤우, 0퍼센트. 연우는 머릿속에서 한 줄 한 줄 검산해 나갔다. 다시 계산해도 0퍼센트. 과연 외계인까지 나서서 가로막을 만큼 절망적인 수였다. 나루랑 해고니 사이는 몇 퍼센트였더라? 육십 몇 퍼센트였나, 칠십 몇 퍼센트였나. 연우는 조금이라도 낮은 쪽이길 바라며 머릿속에서 두 사람의 이름을 한 글자씩 번갈아 놓았다.

이조해나곤루

그러고 획을 세었다. 이, 2. 조, 5. 해, 6. 나, 4. 곤, 6. 루, 7. 그러면 다음 줄은 7, 1, 0, 0, 3. 그다음 줄은 8, 1, 0, 3. 그리고 9, 1, 3. 마지막은 0, 4?

연우는 눈을 끔뻑였다. 4퍼센트? 그랬나?

"계산 뭐냐?"

그런데 다시 해도 4가 나왔다. 웃음이 소리가 되어 새어 나왔다. 0이나 4나 도긴개긴, 둘 다 하찮은 수였다. 딱히 달라진 것도 없는데 기분이 훨씬 나아졌다.

좀 웃었다고 목이 말랐다. 견딜 만하긴 했지만 한 번씩 갈증과 허기가 치솟을 때가 있었다. 그럴 때면 마시고 싶다, 먹고 싶다는 생각이 끝없이 이어져 괴로웠다. 연우는 관심 돌릴 거리를 찾아 유일한 이웃을 불렀다.

"어이, 거기 있어?"

고무장갑 안을 들여다보았다. 그런데 문어 몸통 뒤에 전에 보이지 않던 게 있었다. 쌀알보다 작은, 하얗고 동그란 것들이 고무장갑 손가락 부분에 포도송이처럼 주렁주렁 소복하게 붙어 있었다. 그것의 정체를 깨달은 순간 막막한 기분이 연우를 덮쳤다.

"너 어떡하냐……."

알을 낳다니.

알 낳고 나면 죽는다는데.

첫 번째 채집보다 두 번째 채집은 확실히 견디기 쉬운 면이 있었다. 두 번째라 체념이 빨랐던 것도 까닭이라면 까닭이었지만 문어 덕분이었다. 첫 번째 채집되었을 때랑 비교할 수 없을 만큼 열악한 환경이고 젤리 곰마저 삭제되었다. 그러나 살아 있는 무언가가 곁에 있다는 건 놀랄 만큼 의지가 되었다. 설령 그게 문어라 해도.

연우는 두 손으로 눈두덩을 문댔다. 문어가 죽고 나면 진짜 혼자였다.

홀로그램 공이 빨갛게 차오른다. 완전히 빨간색으로 변하면 채집된 첫 순간으로 모든 것이 돌아갈 것이다. 알이 세상에 나오기 전으로.

그럼 알은 어떻게 될까? 다 사라져 버리나?

연우는 알을 살리고 싶었다. 그러나 아무리 생각해도 뾰족한 방법이 떠오르지 않았다. 리셋이든 리플레이스든, 자신과 문어를 뺀, 여기 있는 모든 것은 처음으로 돌아간다. 변화는 허락되지 않는다.

"살아 있는 건 그대로 둘지 몰라."

할 수 있는 거라곤 알이 리셋되지 않기를 비는 것뿐이었다.

연우는 큐브 안이 언제나 최적의 상태를 유지하는, 언제나 변함없는 곳이니까 적어도 안전하긴 하다고 생각했다. 그러나 그게 아니었다. 아무것도 변하지 않는 곳은 절대 안전하지 않았다. 변하지 않는 곳에서는 새 탄생이 허락되지 않는다. 예외는 없었다. 문어가 낳은 알은 존재 자체가 지워졌다. 문어가 알을 낳은 일은 없던 일이 되었다. 처참한 일이었다.

그러나 연우도 문어도 알이 있었다는 걸 알고 있었다. 문어가 고무장갑 손가락 부분 하나하나에 다리를 차례로 넣어 보았다. 엄지부터 하나씩 다 살핀 뒤에, 다시 또 엄지부터 다리를 넣었다. 문어는 한참을 그러다 여느 때처럼 고무장갑 속에 자리를 잡았다. 아무 일 없었다는 듯 문어는 고무장갑 안쪽, 이끼가 군데군데 낀 누르스름한 색으로 녹아들었다.

문어가 그렇게 똑똑하다는데, 지금 어떤 기분일까? 황당할까? 슬플까? 화가 날까? 아니면 자신처럼 문어도 감정이 뭉개져서 그냥 덤덤할까?

연우 머릿속에 지금까지 한 번도 품어 본 적 없는 의문이 문득 떠올랐다. 그들이 이번에 채집하려고 한 건 누굴까?

"문어일까, 나일까?"

두 번이나 채집된 건 아무래도 이상했다. 만일 그들이 채집한 게 자신이 아니라 문어라면, 자신은 풀려날 수 있을까? 만에 하나 문어가 그들이 찾던 라이카라면, 이 큐브 안에 붙박이가 되어 살아가야 하는 걸까?

"싫은데……."

연우는 맥없이 중얼거렸다. 괴롭지는 않았지만 기운이 없었다. 먹지도 마시지도 못한 시간이 얼마나 지났을까. 살 수나 있으면 다행일까. 운 좋게 무사히 돌아가 이대로 채집된 그 바닷속에 떨어지면 뭍으로 헤엄쳐 갈 기운은 있을까?

살아갈 시공간을 선택할 수 있다면 좋을 텐데. 집과 교실, 그 두 곳을 오가며 자라는 동안, 연우는 내내 외롭고 불안했다. 어른이 되면, 교실 밖으로 나가면, 대학에 가면, 딱 1년만 버티고 나면, 더는 외롭지 않고 불안하지 않기를 바랐다. 연우는 그걸 원했다. 그래서 남들이 가는, 남들이 가라는 길을 선택했다. 그 판단은 틀리지 않았다. 원하는 걸 하면 불안하다고 해고니가 말했다. 그렇게 확신에 차 원하던 길을 갔지만, 결국 천재지변이 해고니를 불안의 구렁텅이로 차 넣었다.

그러나 연우는 큐브 밖으로 나가고 싶었다. 미지근한 온실 밖, 심장이 말이 안 되게 뛰고, 땀이 삐질삐질 솟고, 더운 숨결이 귓가에 감기던 그 순간, 불안하고도 외롭지만, 서로 닿으려고 몸부림치던 그 순간으로 돌아가고 싶었다.

'안아 줄게.'

해고니 목소리가 귓가에 돌았다. 파도 소리가 들렸다. 눈꺼풀이 무거웠다.

보정 완료.

연우는 늘어지는 눈꺼풀을 애써 들어 올리며 멍하게 생각했다. 뭘 보정하고, 뭘 완료했다는 걸까? 부적합을 적합으로 보정했다는 말? 라이카를 찾았다는 뜻? 그게 설마 나?

서식지로 돌아갑니다.

불편을 끼쳐 죄송합니다.

가물거리던 연우의 눈이 감겼다.

◆

정신이 들고 처음 의식한 건 매미 소리였다. 머릿속을 볶아 대는 익숙한 소리. 연우는 제발 자기가 상상하는 그곳이 아니길 빌며 눈을 떴다. 그러나 몇 번이고 리셋되어 잊으려야 잊을 수 없는 교실이, 기억과 한 치도 다름없는 큐브 속 그곳이 눈앞에 펼쳐져 있었다.

"시발."

연우는 책상에 머리를 기댄 채 욕을 했다. 열을 낼 기운도 없었다. 대체 언제부터 제정신이 아니었던 걸까? 어쩐지 너무 행복하다 했다. 비록 1년 뒤였지만 너무나 간단히 집으로 돌아가고, 나사(NASA)에 끌려가지도 않고, 아버지가 매일 집에 돌아오고, 해고니가 고백을 받아 주고, 그런 꿈같은 일이 용케도 일어난다 싶었다. '장치'도 생각해 보면 정말 꿈에서나 나올 것 같은 물건이었다. 큐브와 홀로그램 공을 해고니가 준 선물과 합쳐 놓은, 연우의 무의식이 만들어 낸 작품이었다.

"무의식이 열일했네."

연우는 중얼거리며 고개를 들었다. 눌린 콧잔등이 욱신거려 손을 뻗는데, 왼손에 고무장갑이 들려 있었다.

"뭐야, 이거."

잠든 중에도 얼마나 틀어쥐고 있었는지 손마디가 하얗다. 연우는 몸을 바로 했다. 그리고 고무장갑 주둥이를 천천히 열고 속을 들여다보았다. 문어가, 있다. 손가락을 밀어 넣자 빨판이 손톱 위에 진득하게 붙었다가 손마디를 스르륵 돌려 감더니 천천히 떨어졌다. 몸에는 축축하게 젖은 옷이 감겨 있었다. 교복이 아니라, 사복이었다. 마트에서 산 세 개 만 원짜리 티셔츠. 그리고 바지 주머니에 든 빨갛게 빛나는 젤리 곰.

교실 스피커에서 익숙한 목소리가 들려왔다.

"시간 선 보정 완료. 서식지로 돌아왔습니다. 불편을 끼쳐 죄송합니다."

연우는 천천히 눈을 끔뻑였다. 교실은 어두웠다. 천장을 올려다보았다. 형광등이 꺼져 있었다. 오후가 되면 햇살이 들지 않는 3학년 2반, 연우 혼자 자고 있던 그날 그때 주번은 꼼꼼하게도 불을 죄다 끄고 나갔다.

자꾸 어떤 가능성이, 말도 안 된다 싶은 가능성이 마음속에 불씨를 지폈다. 연우는 창문 쪽으로 걸어갔다. 그리고 심호흡을 한 뒤 창문을 열었다.

10. 잘 있어

그날 저녁 연우가 아무도 없는 집에서 뉴스를 틀어 놓고 바나나 한 송이랑 바나나 우유 두 통을 막 해치웠을 때, 충분히 예측할 수 있는, 놀라운 구석이라고는 없는 손님이 창문을 두드렸다.

"야, 문 열어, 우연우!"

연우가 창문을 열자 후덥지근한 바람이 집 안으로 쏟아졌다. 창밖에는 해고니가 있었다. 짜증 난 표정이었지만, 아직 화난 것 같지는 않았다. 아니, 화가 났지만 환자라고 생각해 참아 주고 있는 건지도 모른다.

"아픈 애가 어딜 싸돌아다니다 이제 돌아와. 폰도 안 받고."

"미안. 폰 잃어버렸어."

연우는 순순히 사과했다.

"뭐? 어디서?"

해고니는 허리에 손을 짚고 연우를 매섭게 쏘아보았다. 대답을 듣기 전에는 물러서지 않을 것 같았다.

"편의점 앞 바다에서."

해고니 얼굴에 황당하다는 빛이 스쳤다.

"거긴 왜?"

"바다에 들어가고 싶더라."

"야, 너 감기 걸렸잖아!"

"다 나았어. 만져 봐."

연우가 얼굴을 들이밀자 해고니가 이마를 짚었다.

"어디."

연우가 이마를 해고니 손에 눌렀다.

"진짜지? 열 없지?"

해고니가 짐짓 심각한 표정으로 물었다.

"몸이 아니라 마음의 감기냐?"

마음의 감기 우울증. 당시 아이들 사이의 유행어였다.

"응."

연우가 웃음기 없는 얼굴로 고개를 끄덕이자 해고니가 놀라며 정색했다.

"진짜야? 너 무슨 문제 있어?"

연우는 눈을 피하지 않고 해고니 손바닥에 이마를 비비적거렸다.

연우는 집에 오기 전 초도리 바다에 들렀다. 두 번째로 채집되었던 그곳에, 아직은 아무 일도 벌어지지 않은 그 바다에 문어를 놓아주었다. 그 순간까지 젤리 곰은 말했다. 시간 선 보정 완료. 서식지로 돌아왔습니다. 불편을 끼쳐 죄송합니다.

그런 말밖에 못 했다. 사은품이 딸려 오긴 했지만 그건 제대로 된 사은품이 아니었다. 그 안에는 아무도 살지 않았다. 젤리 곰은 아무도 아니었다. 그냥 전기밥솥이고 자동 소화기일 뿐이었다.

하지만, 마지막 인사는 있었다. 불편을 끼쳐 죄송합니다. 깜빡, 안녕. 종료를 원하면 장치를 분리하세요. 깜빡, 잘 있어. 당신은 자유입니다. 깜빡, 종료를 원하면 장치를 분리하세요. 당신은 자유입니다. 깜빡, 밖으로 나가. 종료를 원하면 장치를 분리하세요. 당신은 자유입니다.

연우는 초도리 바다에 젤리 곰도 놓아주었다. 아직 축축한 채로 편의점에 들어가 바나나 한 송이와 진짜로 바나나가 들어 있다는 원 플러스 원 바나나 우유를 샀다. 그러고 편의점 아저씨한테 휴대폰을 빌려 전화를 했다. 태평양 어딘가에 있을 아버지가 자다 깬 목소리로 전화를 받았다.

"저 집에 왔어요."

전화기 너머로 들리는 목소리가 좀 더 또렷해졌다.

"연우냐? 무슨 일 있어?"

"별별 일 다 있어요."

뭐라 웅얼거리는 소리가 들리고, 잠시 후 픽 웃는 소리가 났다.

"밥 먹었냐?"

다짜고짜 끼니를 챙기는 아버지 말에 이제 먹을 거라고 대답했다. 어쩐지 숨쉬기가 조금 편해졌다.

연우는 전화기를 돌려주고 집으로 들어왔다. 바나나랑 바나나 우유를 꾸역꾸역 먹어 치우고는, 숨쉬기를 했다. 들이쉬면서 하나, 둘, 셋, 내쉬면서 하나, 둘, 셋, 넷, 다섯, 여섯.

들이쉬면서 하나, 둘, 셋, 내쉬면서 하나, 둘, 셋, 넷, 다섯, 여섯. 해고니가 연우 눈을 들여다보았다.

"뭐 하는 거야?"

연우는 입을 벙긋거렸다. 목이 잠겼다. 두려움에 목구멍이 죄어 왔다. 그때처럼 해고니가 안아 준다면 얼마나 좋을까? 머리도 쓰다듬어 주고, 손도 잡아 주고, 노래도 불러 주겠다고 하면 얼마나 좋을까? 얼른 해 달라고 할 텐데. 하지만 그건 지금은 사라진 미래였다.

연우는 갇힌 목소리를 힘겹게 밀어냈다.

"너, 조나루랑 사귈 거야?"

해고니가 이마에 대고 있던 손을 떼어 냈다.

"갑자기 뭔 소리야?"

연우는 온기가 사라진 게 너무나 아쉬워 괜한 질문을 했다며 속으로 자신을 원망했다. 그러나 엎질러진 물이고 칼집에서 뺀 칼이었다.

"조나루가 고백한 거 아냐? 니 책상 밑에 포스트잇 떨어져 있더라."

거짓말까지 동원했다.

"이름 점친 거."

해고니가 눈을 크게 뜨더니 서너 걸음 뒤로 물러나며 소리쳤다.

"야! 너! 너!"

차마 말을 잇지 못하는 해고니에게 연우가 말했다.

"그거 내가 다시 계산해 봤는데, 계산 틀렸어. 4퍼센트 더라."

"그래서 뭐."

해고니가 싸늘하게 대꾸했다. 한마디만 더 하면 가만두지 않겠다는 눈초리는 덤이었다. 그러나 연우는 그만둘 수 없었다.

"조나루랑 사귀지 말라고."

"니가 왜 사귀라 마라야."

필사의 고백이 남아 있었다.

"나 너 좋아해."

그리고 예정된 거절에 대답을 준비해야 했다. 불안하지만 아주 불안하지 않고, 외롭지만 아주 외롭지 않을 미래까지.

지은이의 말

 요즘 등산이 좋아져서 주말마다 이 산 저 산을 다녔어요.
 야경 보러 아차산에도 가고, 일출 보러 수락산에도 가고, 강 보러 운길산에도 가고, 억새 보러 민둥산에도 갔어요. 두 달쯤 아주 열심히 다녔지요.
 그런데 너무 열심히 했나? 무릎이 아파요. 한 달째 병원 다니고 있어요. 산에 가기 딱 좋은 때인데, 집에 있어요.
 너무 열심히 하면 안 되겠다⋯⋯.
 여러분, 우리 적당히 열심히 살아요. 우리가 저마다 무얼 좋아하고 잘하는지 느긋하게 들여다보면서요.

늦가을을 보내며
보린

창비교육 성장소설 13

큐브

초판 1쇄 발행 2024년 12월 6일

지은이 • 보린
펴낸이 • 황혜숙
편집 • 최도연
조판 • 이주니
펴낸곳 • (주)창비교육
등록 • 2014년 6월 20일 제2014-000183호
주소 • 04004 서울특별시 마포구 월드컵로12길 7
전화 • 1833-7247
팩스 • 영업 070-4838-4938 | 편집 02-6949-0953
홈페이지 • www.changbiedu.com
전자우편 • contents@changbi.com

ⓒ 보린 2024
ISBN 979-11-6570-292-2 43810

* 이 책 내용의 전부 또는 일부를 재사용하려면
  반드시 저작권자와 (주)창비교육 양측의 동의를 받아야 합니다.
* 책값은 뒤표지에 표시되어 있습니다.

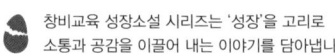

창비교육 성장소설 시리즈는 '성장'을 고리로
소통과 공감을 이끌어 내는 이야기를 담아냅니다.